逾越一朵花的距离

感动 ● 著

山东人民出版社·济南

国家一级出版社 全国百佳图书出版单位

图书在版编目(CIP)数据

逾越一朵花的距离 / 感动著. —济南：山东
人民出版社，2012. 8（2023.4 重印）
（青春悦读·当代精美散文读本）
ISBN 978-7-209-06768-3

Ⅰ.①逾… Ⅱ.①感… Ⅲ.①散文集—中国—当代
Ⅳ.①I267

中国版本图书馆 CIP 数据核字(2012)第 202794 号

责任编辑：孙　姣
封面设计：红十月设计室

逾越一朵花的距离
感　动　著

山东出版集团
山东人民出版社出版发行
社　　址：济南市舜耕路517号　　邮编：250003
网　　址：http://www.sd‑book.com.cn
市场部：(0531)82098027　82098028
新华书店经销
三河市华东印刷有限公司

规　　格　　32 开(145mm × 210mm)
印　　张　　9
字　　数　　100 千字
版　　次　　2012 年 9 月第 1 版
印　　次　　2023 年 4 月第 3 次
ISBN 978-7-209-06768-3
定　　价　　48.00元

如有质量问题，请与印刷厂调换。(010)57572860

目 录
Contents

第一辑　柔情·铭记 / 001

半颗良心 …… 002
一只手套 …… 006
执著的房客 …… 010
难堪的一躬 …… 013
背一百斤爱上路 …… 017
用美好影响别人 …… 019
大树的伤疤 …… 021
当了母亲，就不怕了 …… 024
不为友谊而选你 …… 027
点亮一盏感恩的灯 …… 029
死神嘴边的「人」字 …… 031
走向山下的登山者 …… 034

美德是生命最精彩的部分 …… 036
恨也不妨尊重 …… 038
父亲的那些秘密 …… 041
覆盖心灵的雨伞 …… 044

目 录
Contents

第二辑　温情·挚爱 / 047

飓风中的两个瞬间　048

有尊严的冰淇淋　050

音像店窗口的温暖　052

拥抱才能上天堂　054

柔软的伤害　055

温馨的咳嗽　057

窗上，那一百零二点血迹　059

感动一座城市的狗　061

两只麻雀　064

一只青蛙创造奇迹　066

让人流泪的化石　068

八分二十三秒的震撼　070

圣诞岛红蟹的路　073

你是别人的一棵树　076

树下的秘密　078

别把树吵醒了　081

被忽略的疼痛　083

分一些咖啡给别人　085

玛丽尔达的河豚　088

目 录
Contents

第三辑　深情·呵护 / 091

不可逾越之爱　092
断翅王蝶的飞翔奇迹　096
花儿也会害怕　099
人性三分钟　101
小鸟·蜗牛·银杏树　103
感谢一只流浪猫　106
每一个生命都值得敬畏　108
不守规则的后果　110
树上的接力　113
查维斯的半小时　116
孩子应该抢救什么　118
最昂贵的邮寄　120

五十次拯救　122
要孩子，不要神童　124
一万英镑的公牛　126
吴哥窟与树的战争　128
让出一片海滩　131
渐渐远去的声音　133
阿根廷蚂蚁　135

目 录
Contents

第四辑　怡情·睿智 / 139

千手观音的手臂　　165
从来没有真正的绝境　163
逾越一朵花的距离　161
退让的巴西人　159
只管一头羊　156
南辕北辙的思维　154
把玉米变成黄金　152
让思维转弯　150
把阳光加入想象　148
一把小刀的力量　145
珍珠不只在海里　143
换一种方式　140

树木的生存智慧　182
沙漠花园的秘密　180
胡杨的生存哲学　177
「横行」的螃蟹　175
箭袋树的舍弃　173
一瓶水的助力　171
化腐朽为神奇　169
竞争当如天堂鸟　167

目 录
Contents

第五辑 倾情·淡品 / 185

三滴水里的海 214

羊三则 210

黑蚂蚁的奉献 208

麻烦的妙处 205

走直线的响尾蛇 203

红松给人类的教育 200

蜥蜴的繁衍之道 197

动人的回水 194

望天树的境界 192

爆米花里的玄机 190

龙涎香的秘密 188

像花儿一样等待 186

狼毒花的坚守 228

璐鲁人的得与失 225

天台上的树 222

浇灌自己的生命 219

不要被自己击倒 217

目 录
Contents

第六辑　真情·轨迹 / 231

穿旧皮鞋的孩子 ⋯⋯⋯⋯⋯⋯⋯⋯⋯⋯ 232

铁匠的儿子 ⋯⋯⋯⋯⋯⋯⋯⋯⋯⋯⋯⋯ 235

总统是怎样练成的 ⋯⋯⋯⋯⋯⋯⋯⋯⋯ 237

每个人都有两扇窗子 ⋯⋯⋯⋯⋯⋯⋯⋯ 240

我要去巴黎 ⋯⋯⋯⋯⋯⋯⋯⋯⋯⋯⋯⋯ 243

苦难洗亮黯淡的人生 ⋯⋯⋯⋯⋯⋯⋯⋯ 246

麻风树也有春天 ⋯⋯⋯⋯⋯⋯⋯⋯⋯⋯ 251

两条河流的启示 ⋯⋯⋯⋯⋯⋯⋯⋯⋯⋯ 254

从「自恋」中走出来 ⋯⋯⋯⋯⋯⋯⋯⋯ 256

每天鞠躬八百次 ⋯⋯⋯⋯⋯⋯⋯⋯⋯⋯ 258

要么为它悲伤，要么为它快乐 ⋯⋯⋯⋯ 262

残缺转身是绝美 ⋯⋯⋯⋯⋯⋯⋯⋯⋯⋯ 266

守到黎明见花开 ⋯⋯⋯⋯⋯⋯⋯⋯⋯⋯ 271

从最糟的机遇开始 ⋯⋯⋯⋯⋯⋯⋯⋯⋯ 274

隐形的翅膀 ⋯⋯⋯⋯⋯⋯⋯⋯⋯⋯⋯⋯ 276

第一辑　柔情 · 铭记

每个人活着，一贫如洗也好，富可敌国也罢，都是铺陈，都是道具，都是浮光掠影，只有为人处世中表露出的那份美德，才是生命中最精彩的部分。

半颗良心

4 月，是南非约翰内斯堡市气候最好的季节，街边的紫荆花在阳光中竞相绽放，风中飘动着醉人的花香。

就在这样的一个下午，年轻母亲波塔开着私家车带着两岁的儿子去市中心的一家银行办事。

车开到银行门前时，波塔回头看到躺在后座婴儿车内的儿子睡得正香。她轻轻吻了儿子的额头，然后悄悄下车，锁上车门。几分钟后，当波塔从银行里出来时，她大吃了一惊，自己的车不见了。想到车上熟睡的儿子，这位母亲一下子乱了方寸，心急如焚的波塔渐渐镇定下来，马上拨打了报警电话。

偷车的人叫作伍尔德，是一名汽车修理工，几天前，他的母亲突然得了重病，需要一大笔手术费，这笔钱令伍尔德一筹莫展。伍尔德从小便死了父亲，他和母亲相依为命，母亲是他在这个世界上唯一的亲人，他无法眼看着母亲因无钱治疗而离开自己。

怎样才能立刻得到一大笔钱呢？走投无路的伍尔德最后想到了抢劫银行的主意。这天下午，伍尔德做好准备后，选择了市中心这家银行，但就在他准备闯入银行时，却意外看到一辆崭新的汽车停在那里。这让伍尔德不觉眼睛一亮，偷车容易得手，比抢银行的风险小得多。而如果卖了这辆汽车，支付母亲的手术费是绰绰有余的。

偷车，对于修车工出身的伍尔德来说是小菜一碟，他很轻易就打开了车门，然后像开自己的车一样疾驰而去。伍尔德在做修车工时结识过一个做黑车生意的人，这个人叫索罗斯，专门收购偷抢来的二手车，买过来后走私到其他国家去。伍尔德得手后马上想到了他，他给索罗斯打电话，说自己的母亲正在医院里等着做手术，自己的车急着出手。简单询问车况后，两个人约定在市郊一个废弃的钻石矿附近交货。

半个小时后，伍尔德来到了交货地点。趁索罗斯还没有到，伍尔德开始检查车况，在查看后座时，伍尔德吓了一跳，他看到在后座上，竟然有一个两岁左右的孩子正在熟睡。

一切都是那么顺利，而最后出现的这个孩子，让伍尔德的心慌乱起来。而这时，一阵马达声由远及近，伍尔德知道，索罗斯来了。但是，眼前这个烫手的山芋应该怎么办呢？

索罗斯看过车况后，表示满意，他和伍尔德谈拢了价钱，让助手将现金交给伍尔德，伍尔德收了钱后，提出了一个要求——把车里的孩子送到约翰内斯堡市去。索罗斯听后没有同意，他告诉伍尔德，现在城里所有的警察都在寻找这辆车和这个孩子，带他回去，等于自投罗网。他还建议伍尔德立刻把孩子丢弃了，然后拿着钱走人。看着索罗斯和助手开车离去，伍尔德一阵茫然。他把孩子放在地上，静静看着他，此刻，孩子仍然在熟睡，他根本不知道身边发生了什么事情。想到在医院里等钱做手术的母亲，伍尔德狠下心肠，转过身，向公路边狂奔而去。就在这时，一阵婴儿的哭叫声让他停住了脚步。伍尔德知道，是那个孩子醒过来了。他忍不住回过头，此时，太阳已经西斜，暮色从天边涌上来，孩子的哭声在这空旷的野外回荡着，让人感到心神不安。伍尔德索性捂住自己的耳朵，一步步向前走，但孩子的哭声却依然能钻进他的耳朵，如一根细线牵扯着他无法再迈出一步。此时，伍尔德的眼前，又浮现出母亲的面容，可怜的母亲，此时一定正在医院盼望着自己能拿回救命钱，一想到母亲，伍尔德的眼泪便潸然而下。同样，那个孩子的母亲呢，她一定也在急切盼望能看到自己的儿子。

没有了孩子，那位母亲将怎么生活呢？伍尔德不敢再想下去了。他痛苦地转了身，如野马一般向那个孩子的身边飞奔而去。

让他没有想到的是，孩子一看到他，竟不哭了，而是用黑亮的眼睛望着他。伍尔德竟不敢正视孩子的眼睛，他闭上双眼，小心地把他抱在怀里。

一个小时后，伍尔德抱着那个孩子走进了医院，他计划着，先把母亲的手术费交上，然后就把孩子送到那家银行停车的地方。但就在这时，一群警察将他包围了，原来，索罗斯驾车去销赃时被高速公路上布控的警察拦截下来，随后他供出了伍尔德将去医院的信息。

伍尔德被捕了，那个孩子重新回到了母亲身边。伍尔德被带离医院时泪流满面，他与在医院中等待自己的母亲近在咫尺，却无法相见了。

伍尔德被捕一个星期后，他收到了一封信，打开这封信时，伍尔德简直不敢相信自己的眼睛。信中说："伍尔德先生，不用担心你的母亲，她已经成功做完了手术，身体正在康复之中。至于你，你还有半颗良心，只要不放弃自己，你完全可以成为一个好人。"信的署名是"一位孩子的母亲"

看完信，伍尔德默默做了一个忏悔的姿势，然后热泪泉涌。

一只手套

两年前一个冬天的夜晚，我驾车去参加一个同学聚会。回来时已是晚上十点多了，天空开始飘起了雪花。交通台的广播说晚间的气温可达零下三十度，这让坐在车里吹着暖风的我不自主地打了个冷战。

车驶进小区，头顶上已是灯火阑珊。车库就在小区的地下一层，我习惯性地把车缓缓掉过头，让车尾对着车库的方向，然后下车去打开车库的铁门，从我停车的地方到车库入口之间是一条十米长的斜坡，我重新上了车，像往常一样顺着那条斜坡倒车进库。就在这时意外发生了，车失控般地快速滑了下去，我这才想起，这条斜坡上已经覆盖着雪花了，平常的刹车根本不管用。吭当！撞击的响声从车后传来，我狠刹了车闸，终于掣住了滑动的车轮，便急忙开门下车，一个人正从地上挣扎着爬起来，然后很艰难地去扶摔倒在地上的一辆自行车，我知道，我倒车时把他刮倒了。

我挺担心，因为听说现在"碰瓷儿"的特多，破块皮儿也要万八千的。出于责任感，我还是急忙走过去问他伤到哪儿没有，顺便想帮他扶起自行车，顺着大灯的灯光，这时我才看清他：一个四十多岁的农民工模样的男人，正满脸歉意地看着我，他头发凌乱，身穿一件破旧军大衣，上面满是斑斑点点的灰漆。我边问他有没有受伤，边要帮他扶起倒在地上的自行车，他却很担心的样子，慌乱地把我迎住，并用双手护住身后的自行车，急促地说："这太脏，我自己来吧。"说着，他转过身把自行车扶起来，并从地上捡起一个长柄的滚刷和一个装胶漆的空桶，我又问："大哥，伤到哪儿没有？"他却对我赧然一笑，答非所问地说："今天刷了四间屋子，活干得太晚了，撞了你的车，实在对不起。"他说着话转身就要离去。我这时分明看到有鲜血顺着他左手握着的刷柄上流淌下来，我心里一阵难受，快步走上去握住他那只流着血的左手说："你的手受伤了，快上我的车，到医院包扎一下吧。"他重复着那句话："没有事，没有事……"挣扎着说什么也不肯去。

天冷得怕可以滴水成冰了，他的伤手会冻坏的呀！我叫他等一下别走，便急忙打开车的后备厢，想找些保温的东西让他包裹，但里面是空的，只有一只白色的线手套孤零零地躺在角落里，线手套是每次加油时加油站都会送的，但每次我都是随手扔掉了，没想到居然掉到这里一只，也许能派上用场吧。

我拿着那只手套让他戴上，抱歉地说，实在找不到什么，这也许勉强能保暖吧。他看了看那只新手套，一脸惋惜，但在我的督促下，还是戴上了。我告诉他，我姓王，有什么事可以来这里找我，我家就住在车库这个单元的三楼一门，他又是一脸感谢，然后步履蹒跚地推着自行车，消失在了风雪飞扬的小区出口。

第二天早上，我被公司派往海南出差。这一去就是整整两个月，总算不辱使命，我拿着合作协议又回到这座北方城市。

出差回来的当天，我从公司开着车回家，进入小区时已是夜幕四合了。我像往常一样下车去开车库门，突然一个孩子的声音从背后传来："你姓王吗，叔叔？"我回过头，一个十二三岁的小男孩站在我身后的斜坡上。我点点头。他又问："你家是不是住在这个单元的三楼一门？"我又点点头。他突然像掏宝贝一样从衣兜里掏出一个塑料方便袋，跑到我跟前递给我，说："我爸让我把这个给你送回来，我每天都来这里找你，终于见到你了。"我莫名其妙。打开方便袋，一只白色的线手套赫然在目，我忽然记起了那个寒冷的夜晚。手套上没有一点污渍，还跟新的一样。我的手不觉抖动了一下，我问他，你爸爸还好吗？这时孩子却哭了。他说："我爸一个月前在刷楼房时绳子突然断了，腿摔折了，正养伤呢。"

我紧紧握着那只手套，眼前一片模糊，再抬起头，孩子已经不见了。

两年了，再也没见过那个民工和那个孩子，但那只手套我一直保存着。

执著的房客

　　家里空出一套小房子。母亲说闲着可惜，不如租出去。那天，我到小区的房屋中介去登记租房信息，正巧碰到一对进城打工的乡下夫妇。

　　听说我有房子出租，男人便把我拉到一边，问我可不可以直接带他们去看房，如果看着合适，就马上交钱。这样，就省了一百元的中介费。男人面色黝黑，西北的口音，女人在一旁看着我，满脸的诚恳。我带着他们上楼，结果他们对房子很满意，就立刻签了租房协议，交了租金。

　　夫妇俩好像很关心水，不断地问我供水情况。我就拧开水龙头，为他们演示一下：两个人看着汩汩流出的自来水，脸上涌动着兴奋。男人急忙一边关了水龙头，一边说：这样流，太可惜了。看着他认真的样子，我笑着说；"不要紧的，这是老房子，没有安水表，每月不管用多少水，都只收固定的六元钱水费。"

　　房子租出去的第二天。我正在上班，忽然接到一个电话，西北口音，是那男房客打来的。他说了半天，我才弄明白，原来是卫生间里马桶的阀门关不严，有小股的自来水日夜流淌不断。我告诉他："不要管了，流多少都不会多收你一分钱的。而且水不断流着，卫生间里还不会有异味。"男人停顿一下说："不，和钱没有关系，只是看着那水总流着，太可惜了。"接下来，我又耐心地"开导"了他一番，才挂了电话。这天傍晚，我下班刚到家里，男人又打来了电话，他说的还是水的事。他说白天已找了修理工来修那马桶，但是修理工告诉他，马桶太旧了，修不了，必须换新的才能止住水。他试探着问我："可不可以换个马桶。"我很不耐烦，拒绝了他的要求，并从心底涌上一种憎恶来。

　　男人再没有打电话来。不觉快一年过去了。房子租期将满的那天，我去看房子，收回钥匙。我在检查房内的设施时，突然发现卫生间里的马桶竟然换了新的。男人看着我一脸惊讶，笑着说："花几十块钱，是小事，换了，水就不会白白流掉了。"男人告诉我，在他的家乡，常年缺水。那里的人，把水看得比油还珍贵，如果谁要浪费一点水，就是天大的罪过。所以，当他们发现卫生间里的长流水，就觉得很不自在。他们白天干活时会惦记着，晚上回来躺在床上，一想着那水，就难以入睡。最后，他们决定自己出钱，买一个新马桶。

那天，站在这对乡下夫妇面前，我再也找不到一点都市人的尊严，我像一个犯了错误的孩子，在默默聆听着大人的教诲。因为，在他们的愚不可及中，有一种闪亮的东西，让人既惭愧又敬畏。

这对夫妇说得对，一点自来水，和钱没有多大的关系。最要紧的，是能用别人看来卑微可笑的行动，去坚守做人的责任与良知。

难堪的一躬

　　半年前的一个暴风雪之夜，我从郊区打车回市里，结果在下车时把皮包落在了车上。

　　事后，我找到交通台的朋友发了一则消息，做出归还必有酬谢的承诺，试图找回失物，但却是泥牛入海无消息。渐渐地，我把这件事淡忘了。

　　6 月的一天上午，我正在单位上班，手机铃突然响了。接电话，对方是个男人，说自己是一个出租车司机，找一个叫王兴的人。我告诉他我就是王兴。男人很激动，他问我还记不记得那场雪，那天这座城市下了有史以来最大的一场雪，听他这么说，我想起来了。就是那天，我把包落在一辆出租车上，包里有我的身份证，还有两千元钱。

　　男人告诉我，他就是那个司机，他想把失物还给我。我听了不以为然，我想，天底下不可能有这么好的事和这么好的人，捡了你的钱，半年后，还千方百计打听你的下落，然后给你送上门来。我猜想着他可能另有企图，八成想用那个包和身份证再从我身上榨点钱。

但对方满口的诚意，让我决定去会会这个"拾金不昧的好人"。我约他在单位门口见面。

十分钟后，我下了楼，老远就认出了他，男人正是那个大雪天载过我的司机。看见我，男人笑了，他打着招呼："你是王兴同志吧？"说着，他看了看手里的身份证，然后，又对我端详了一下，说："没错，你就是。"

我没有正眼看他，只问了一句："你什么意思，说吧。"他愣了一下，脸上的笑容一下子僵住了，说："给您送失物来了，这是有点迟了……"

我有些不耐烦："这么久了，我可记不起丢了什么东西了。我的工作很忙……"

在我说话间，男人两只手里已经握满了东西，左手拿着一个皮包，右手一张身份证，下面压着一沓钱。男人递给我说："你看看，还缺不缺什么，钱数对不对？"

我一下子懵了，接过他递过来的东西：钱，身份证，皮包，一样也没少。

看着他真诚的眼睛，我竟不知说什么才好。终于问了他一句："哥们儿，我不懂了，为什么当时没想到给我送回来，而要等到现在呢？"

男人一脸惭愧，低声说："当时我把钱花掉了。"

我很惊讶，对他说："花了怎么又送回来了，这事凭天地良心，你若不送，也可以呀。"男人急了，说："你别把人看扁了！"

接下来，男人的话匣子打开了。原来那天晚上，他收车时，看到了那个皮包，他也发现了里面的两千块钱和身份证。他想着第二天一早就去寻找失主，归还失物。但就在那晚，他家里突然打来电话，说他女人得了重病，于是，男人连夜坐火车回到乡下。女人病得很重，需要马上做手术，得用一大笔钱，男人东借西凑，钱还是不够，没办法，就把那两千块钱用上了……

男人说，由于抢救及时，他的妻子得救了。多亏有那两千块钱！两个月前，男人安顿好家里的一切，又进城来开出租了。几天前，他终于凑够了这两千块钱，就急着找到我。

听着男人的讲述，像在听一个离奇的故事，但是，握着手里那实实在在的皮包和现金，我想，他没有必要编个故事来骗我。

望着男人被太阳晒得黑红的脸膛，我改变了自己开始的态度，我一边诚恳地对他说谢谢，一边把那摞钱分出一部分，递给他。男人很惊讶，我对他说："我有言在先，归还必有重谢，这钱你拿着。"

没想到男人又急了："你这是干啥，我还要代表我们全家谢谢你呢？"男人说什么也不收我的钱。我目送着他，渐渐远去，心里说不清啥滋味。就在这时，他猛地回过身来，对我深深鞠了一躬。

这猝不及防的一躬，好似一记响亮的耳光，打在我脸上，我怔怔地站在那里，看着他渐渐消失的背影，难受得要命。

背一百斤爱上路

小时候，印象最深的就是父亲每年春节前都要出一趟远门，他要给居住在百里之外的奶奶送米送面。那时候家里没有车马，父亲就头一天称好五十斤大米、五十斤面粉，分装在两个布袋里，缚在一根扁担两头，然后第二天早晨鸡还没叫就起程。

父亲每次回来，我都问："爸，你要走多久才能到奶奶家呀？"父亲说："太阳还没落山就到了。"我又问："担子那么重，你哪儿来的力气呢？"父亲就笑着说："想着你奶奶在盼着我，我就有使不完的劲儿，就忘记了肩上的担子。"每次听后我总感觉不可思议。

2003 年，我从黑龙江坐火车回千里之外的吉林老家过年，上车前，一个五常的朋友送了一袋大米到哈尔滨火车站。朋友特意嘱咐说："这是中国最好的大米，一定要带回去给你父母尝尝。"盛情难却，我就带着那袋大米上了火车。让所有乘客没有准备的是，这趟车晚点了近两个小时，我下车时已经半夜十二点二十分，父母根本想不到我会坐这么晚的车回来。这是除夕的前夜，车站外没有一个人，我站在寒风中，想着父母，此时他们一定在想念着他们的儿子，于是我就提一口气背起那袋大米，迈开健步奔向四公里之外的家，不知为什么，那天夜里，我腿上有使不完的劲儿，竟浑然不觉肩上的负担，不久，家门就在眼前了。

推开家门那一刻，我听到那盏老式挂钟突然敲响。

第二天，父亲称了称那袋大米，足足有一百斤呢。对于一个没干过力气活的书生，背着一百斤大米用四十分钟走了四公里路，这让干了一辈子庄稼活的父亲惊讶不已。

父亲笑着问我："你是哪里来的力气呢？"听了这句话，忽然想到这是我儿时问过父亲的那句话。那时，我的眼泪突然流下来了。

亲人的期待，会把一切负担变成爱的，背着一百斤爱上路，谁还会感觉到累呢！

用美好影响别人

　　这世界上，许多人看似素不相识，其实却在深刻地相互影响着。

　　二十年前，我十三岁，在内蒙古的农村上小学，当时已经是五年级了，而我的成绩却很一般，那时学校实行的还是五年制义务教育，所以正常来说，中考一过，就意味着我从此要离开教室，开始与土地打一辈子交道了。因此，我是抱着破罐破摔的念头，中考前的两个月，我根本无法安心在教室里听课了，每天，我都拿着一本评书，跑到学校大墙外边的一个土坑里去消磨时光。我没有想到，有一天中午，我在学校大门口碰到了学校的校长。在一个孩子眼里，老师都是很神圣的，更何况是校长呢！我诚惶诚恐地说了一声"校长好"。令我惊讶的是，校长看了看我，竟笑着叫出了我的名字，那一刻，我被一种受宠若惊的感觉包围着：校长竟然认识我？校长又补充了一句："我怎么会不认识你，在五年级六十多名学生中，作文数你写得好。"然后他笑着离开了。那一刻，我突然感觉眼前的天空一下子明媚起来了，那个一直茫然凄惶的幼小心灵，竟在一句话里找到了一个有力的支撑。

带着这股力量，我返回了教室，开始练习写作文，那两个月里，我不知疲倦地看什么写什么，结果我的作文水平又大大地提高了。中考后，虽然我的成绩一般，但由于作文写得好、语文试卷答了满分，便被乡中学破格录取了。后来，我上了高中，考上大学，一直没有把写文章的事搁下，我的文章越来越多，也越来越成熟，开始在全国的报刊上频频发表，这最终使写作成为我一生的事业。

后来有许多人问我，你是如何走上写作这条路的？我告诉他，是因为一句话。然后，我便沉浸在回忆里，二十年前的那位老校长，如今已不知身在何处，但他的一句话，却改变了别人的一生。

一个人对另一个人的影响，不会分时间和地点，也无论陌生或熟悉，那总是难以避免的，所以，对于身边的任何一个人，我们都要心怀友善，用正确的态度给这个人以鼓舞，以激励。也许，我们的一句话，或是一个眼神，就足以改变他的一生。

要记住，我们会影响到别人，我们在对待别人时，要用一种积极向上的心态，要用一颗纯洁美好的心灵。

大树的伤疤

我年轻的时候，脆弱得经受不起一点伤害，每次受伤之后，我都习惯于一个人在无人的背街上行走。那年夏天，在我人生中最失意的时候，我碰到了罗斯蒙德先生。

"孩子，不要低着头走路，那很容易撞到树上。"这声音苍老又和蔼，顺着声音，我看到了罗斯蒙德先生，他的衣服上印着环卫工人的标志，他一只手拎着油漆桶，一手拿着刷子，仔细刷着街边的一棵美洲红杉树。引起我注意的是他的神态，严肃得如同一个艺术家，在精雕细刻一件作品。那天，他的帽沿向上翻卷着，让我想到了海明威笔下的老牛仔。他神态和帽子配在一起，让人看起来很有趣，使我郁闷的心情稍稍好了一些。

"您在对这棵树做什么？"我好奇地问他。他说自己正为这棵受伤的树粉刷伤口。"红杉也会受伤。"我问他。"是的。"

他指着那棵高大的红杉对我说，"你看他的身上，伤痕累累。这是因为每年夏天，我都要对他进行修剪，修剪之后，就要马上在它的伤口涂上油漆，这样，它就不会因为体内水分流失而枯死了。那几个最大最圆的伤疤，是八年前留下的，那三个椭圆形的伤疤，是三年前的，涂着油漆的，是刚刚留下的……"

我没有想到，这位老园林工人，对这条街上的每一棵树的每一个伤疤，会像自己的孩子一般熟悉；更从没有想过，一棵树竟和一个人一样，活着，也要受这么多的伤。幸亏有罗斯蒙德老人，细心地为它们抚平伤口。而我呢，我的伤口谁能抚平得了？

看我对他的树感兴趣，罗斯蒙德先生很兴奋，他双手挥舞着说："小伙子，你看，这条街边的树每年都要受很多的伤，这一棵红杉，它身上的伤疤差不多有六十处呢。这是一棵受伤最多的树，却也是长得最粗壮、最高大的树，这是多么有趣的事。"

我突然感到，罗斯蒙德先生一定是上帝派来点化我的。他是用那些树，来让我明白受伤对于生命的重要意义。

后来，罗斯蒙德先生成了我的朋友。我在每个夏天里，都要带着女儿，去看他为街边那些树抚平伤口。然后，我的性格在慢慢改变着，最大的变化是我能够平静面对人生中的那些伤痛了，包括最爱我的祖父突然离我而去，我的小女儿去乡下度假骑马时永远失去了双腿，我的公司在全球金融大危机中濒于倒闭……在生命的每一个伤口面前，我都会想起拿着刷子的罗斯蒙德老人。直到有一天，罗斯蒙德老人也离开了我。听到这个消息时，我已经很平和了。

　　我默默地为罗斯蒙德老人祈祷，对他说：尊敬的罗斯蒙德先生，谢谢您，我想我现在已经是一棵大树了。

当了母亲，
就不怕了

前几天，一场沙尘暴袭击了这座城市，紧接着，又下了小雨，结果，窗户的玻璃被染得泥污一片。我家住在一栋高层的十七楼，平时打开窗户向外望都眼晕，所以，擦这些玻璃就成了一个难题。

和妻子商量后，决定到家政公司请个计时工来帮忙。我拨打了家政公司的电话，说明了情况，谈拢了价格。不到十分钟，计时工便到了。但是，看到这个计时工时，我和妻子都很失望，因为，来者是个中年女人。我指了指脏兮兮的玻璃窗对她说："你要做的是把这些玻璃里外都擦干净了，这么高，你能行吗？"

女人看了看窗户说："没关系，三十几层高楼的玻璃，我都擦过。"虽然她回答得挺干脆，我还是有些不放心。我看她慢慢地走到窗前，不经意地查看那些窗扇，但是当她转过头来时，脸色明显比刚才苍白了许多，虽然她故作着从容。接下来，她从背兜里拿出一根绳子，将一头绑在室内的暖气管上，另一端则牢牢缚住自己的腰，打了死结，她用力拉了拉绳子的劲力，然后，闭上眼睛静默了几秒，忽然，猛地一用力，已经站到了窗台上。

她侧身站立在那窄窄的窗台上，身子一半悬在五十多米的高空，她用一只手扶着窗扇，另一只手拿着抹布飞快地擦拭着玻璃上的泥污。我看着窗台上的她，那种心情要用惊心动魄来形容，忽然感觉到，她真像是一只不停挥动着翅膀的蝴蝶，在这十七层高楼的窗口上危险而精彩地舞动着。而此时，妻子突然握住了我的手，我感觉她的双手颤抖得厉害。

女人用了近半个小时，才完成全部的工作，而这期间，我就那样一直看着她，直到她从窗口上回到地上，我的心才跟着平静下来。而此时，女人变成了另一种状态，她如同虚脱了一般，脸色苍白如纸，她蹲在地上，大口大口地喘着气，一丝丝汗水从她额头上流下来。我知道，她这个样子不应该只是劳累所致，而很可能是恐惧带来的后果。妻子给她倒了一杯水，她一脸感激，却挥一挥手拒绝了。

她渐渐恢复过来，并开始收拾东西。这时妻子凑上去问她："大姐，刚才你擦玻璃时，我在下面看着你，腿都发软，你站在上面就不害怕？"

　　女人说：“不瞒你，我也恐高，我像你个年龄时，站在板凳上头都晕呢。”

　　妻子不解：“那怎么还敢干这种活儿？”

　　女人苦笑着说：“妹妹，你还没有孩子吧？”妻子点点头。

　　她叹了口气说：“如果你是两个孩子的母亲，你就不怕了！”

不为友谊而选你

两个美国人，鲍威尔和麦凯恩，他们曾是越战时的战友，从政后又同为共和党人士，他们彼此尊重，互相爱护，是相交长达二十五年的老朋友。他们的友谊深厚，在美国政坛上有目共睹。无论在哪个场合提到麦凯恩，鲍威尔都会说："我喜欢约翰（麦凯恩），他是我这一生中最好的朋友。"

2008 年，美国新一届总统大选的角逐拉开帷幕。两位总统候选人分别是民主党人奥巴马、共和党人麦凯恩。为了赢得大选，两位候选人使出浑身解数以赢得选民支持，但事实上，两个人的力量一直是半斤八两，难分伯仲。

作为前国务卿，鲍威尔是美国政坛上举足轻重的人物，如果奥巴马和麦凯恩中的某一人能得到他的支持，那无疑是为自己的竞选成功增添了一个很重的砝码。而任何一个美国人都这样想：鲍威尔与麦凯恩是最要好的朋友，又同为共和党人，所以他百分之百会支持老友麦凯恩。但令人大跌眼镜的是，在竞选最关键的时刻，鲍威尔却做出了一个让所有美国人都难以理解的决定：支持奥巴马！

鲍威尔这一不合常理的举动，令美国人对他议论纷纷："临阵倒戈""在朋友背后捅刀子""出卖良心"……面对这些恶评，鲍威尔在一个电视节目说："麦凯恩和奥巴马都有问鼎白宫的资格，不可否认，麦凯恩是一个治理国家的天才，如果当选总统，他一定会坚定不移地执行共和党的章程，并以新的面貌和特立独行的做法来实现它。但我坚信，在美国历史现在这个点上，我们需要的总统不仅只是一个能继续的总统，他更应该是一个大胆改变，甚至是要带着标新立异色彩的领袖。而奥巴马就是这样一位勇于变革的人，他对国家面临的经济危机有着深刻的认识，如果他能当选，将会给整个国家带来新的希望。"

鲍威尔还通过电视对麦凯恩说："约翰（麦凯恩），尽管我们是好朋友，尽管我喜欢你，但我不会因为我们的友谊而选你。"

而对于老朋友的选择，麦凯恩没有一句责怪的言语，相反，他笑着回答鲍威尔说："我尊重并将继续尊重和敬佩鲍威尔。"

鲍威尔的选择与麦凯恩的回应，让我们懂得了什么是真正的友谊，它应该是一种能在大是大非面前放弃个人私欲的情感。

点亮一盏感恩的灯

早晨起来，听到广播里在讲述这样一个故事：一个行路人因为太疲惫，躺在路边就睡着了。不久，一条毒蛇从草丛里钻了出来，爬向了那个沉睡的路人。毒蛇显然发现了前面的目标，昂头吐信，路人就要死在蛇吻之下。就在这时，一个过路人经过这里，他打死了那条毒蛇后，没有惊醒行路人的好梦，就悄悄走开了。

广播员点评说：行路人一生都生活在别人的恩泽之中，但他却永远也不会知道那次熟睡时发生的一切。

不由想起我上中学时发生的一件往事。一天，我的父亲突然焦急地来学校找到我，父亲说是来给我送学费的。我挺纳闷，因为我在前两天刚刚收到父亲寄来的五百元钱呀（那个时代寄钱都是夹在信封里）。父亲说这不可能。父亲告诉我，他半个月前给我寄钱时，将装钱的信封丢失在去邮局的路上，怕我等着钱急用，他就亲自把钱给我送来了。

我告诉父亲，我确确实实收到了那封夹着钱的信，直到我把那个信封拿出来给他看，父亲才相信。我们猜想，是一个陌生人在路上拾到了那封信，然后把信投到了邮筒里。

一直感叹：拾到那封信的人不会想到，他善良的举手之劳将会温暖与他素不相识的人的一生。

到单位后我给同事们讲这两件事时，一个同事给我们讲述了发生在他身上的另一件事。他家住一楼，这个夏天的某个晚上，他回家后偶然发现阳台里的灯亮着，他以为是妻子用后忘记关了，就进去要把灯关掉，但被妻子拦住了。他很奇怪，他的妻子就指着窗外让他看。他看到窗外的路边，有一辆装满垃圾的三轮车，车上坐着捡垃圾的夫妇，他们正沐浴在自家阳台投出的温柔的灯光中，边说笑边开心地吃着东西。看着灯光中的那对夫妇，楼里的他与妻子相视一笑，悄悄退出了阳台。

同事说：窗外那对夫妇可能永远也不会知道，在这陌生的城市中，有一盏灯是特意为他们点亮的。

品味三个故事，一句话油然生自心底：用感恩的心，去为身边的陌生人点亮一盏灯。因为，我们每个人都在不知觉间享受着与我们毫不相关的人给予的温馨灯火。

死神嘴边的『人』字

河南人王文田、谢凤运和刘金行在广东顺德做生意快七个年头了。除了刮风下雨的坏天气，他们每天早上四点都会准时从顺德出发，跨越九江大桥去鹤山送货。

2007年6月15日凌晨四时多，王文田和谢凤运像往常一样，开着白色的"时代轻卡"小货车由顺德去鹤山送货。

经过九江收费站，小货上了桥，此时江面的雾气很浓，谢凤运提醒开车的女婿刘金行，开得慢点，注意安全。刘金行将车速减至时速三十公里。

就在这时，后面有两辆货车快速超过，冲进前面的浓雾里。但令刘金行惊诧的是，擦肩而过的两辆货车尾部的行车灯在一眨眼间竟然熄灭了。

凭着多年开车的直觉，刘金行感觉事情有些不妙。忙乱之中他踩了紧急刹车，然后小心地熄火、卸挡位，停下来想看看究竟。

紧急刹车惊醒了副驾驶位上熟睡的车主王文田和谢凤运，他们以为司机没走九江大桥而改行其他路线。但是看着面前离车身不到六米的江水，两个人却感到迷惑不解，雾锁江面，加上视觉差异，让两个人产生了错觉：水位怎么一夜之间就涨到桥面这么高了？

惊醒的王文田和谢凤运、王金行一起下车前去"看路"。结果他们吓了一跳。"天哪，不得了了，出大事了：桥塌了！那两辆车掉到水里去了！"三个人惊叫起来。让他们感到更恐怖的是，他们的车离齐齐整整的断裂处仅不到六米。要是桥身断裂再延伸……看着眼前汹涌奔流的混浊江水。三个人出了一身冷汗。

在短暂停留之后，三个人竟没有想倒车从死神嘴边迅速逃离。王文田的第一反应是拿出手机报警，不巧的是，手机在这个紧急时刻竟没电了。王文田和谢凤运两个人急得直跺脚。

危急之时，三个人只好张开双臂，拼命向后面急驶来的车辆招手，他用浓重的河南口音大声呼号拦截着驶向断桥的其他车辆。但是，被阻挡的车主们浑然不知死神就在眼前，他们看着皮肤黝黑、个子很高的谢凤运时，竟紧张起来，要冲过去，因为他们以为眼前的三个人是"拦路抢劫者"。

但是，这三个河南汉子没有退让，一夫当关，万夫莫开，他们死命地拦在路中央，硬是用血肉之躯将8辆车全部拦在了断桥边。当那些货车司机、小轿车司机、摩托车司机神情不满地从车上走下来时，他们顿时大惊失色，因为他们看到了这三个拦路人背后不远处，那恐怖的断桥和四十八米深的江水，此时此刻，桥面随时都有再次断裂的危险。这些司机们不会知道，这三个人如同三尊守护神，已在危险的桥面了坚守了十多分钟。

事后，有记者采访时问他们："桥塌了，许多人第一反应就是逃命，但您当时为什么不立刻弃车而逃，而是选择下车救人呢？"

"俺几个下车往前看着桥断了，而身边又有几辆汽车开过来，当时俺就只想着让车子停下来，别一头扎进江中，其他俺啥都没想。"三个拦路人中的王文田说。

王文田、谢凤运和王金行，他们是来自河南的收购废品的农民工，他们都没有读过书，但在生死的瞬间，他们却选择了张开双臂，用身体在死神嘴边撑开了一个大写的"人"字。虽然这个字只持续了十几分钟，却可能永远凝固在我们心里。

走向山下的登山者

有两个登山者，让人温暖而心动。

一个叫野口健，是个日本小伙子。他在十六岁时，就攀登了勃朗峰的顶峰，十七岁时攀登了非洲的乞力马扎罗山，十九岁时又征服了澳洲的科休斯科山、南美洲的阿空加瓜山、北美洲的麦金利山。二十一岁时，野口健攀登了南极的维逊山。1999 年，二十五岁的野口健又成功地登上了珠穆朗玛峰。就这样，他创下了征服七大陆最高峰的世界最年轻登山者的世界记录。

作为登山者，攀登与征服每一座山峰应该是他们最大的荣耀。但野口健却是个例外，多年来，他一直进行着"清扫登山"活动。从 2000 年开始，野口健开始了在珠穆朗玛峰捡垃圾的工作，他一边登山，一边清理着其他登山者留下的垃圾。六年多时间里，他从珠峰上总共捡回了九吨垃圾。

当其他登山者为梦想与荣誉向珠峰顶端攀登时，他却选择了走向山下，背着别人丢弃在山上的垃圾走向山下。野口健的想法很简单，登山者扔掉的垃圾正破坏着珠峰上的环境，而自己多背些垃圾下山就能让它变得干净些。

另一个叫梅根，是加拿大某航空公司的女职员。梅根酷爱登山且成绩不凡，但她最大的梦想是登上世界最高峰——珠穆朗玛。

2007 年 5 月 21 日，梅根的梦想即将成为现实，因为她已经成功攀登到八千五百米的高度，望着不远处的顶点，梅根激动而兴奋。但就在这时，她发现了躺在山坡上、已经奄奄一息的尼泊尔女登山者比斯塔。此刻，比斯塔随身携带的氧气即将用尽，人也渐渐昏迷，只剩下微弱的呼救声。而比斯塔所处的位置是珠峰最著名和最恐怖的"死亡地带"，这里空气稀薄、风力强劲，坡面则布满了危险的冰层。关键时刻，梅根望了望近在咫尺了顶峰，毅然做出抉择：下山！她冒着生命危险，救起比斯塔，走向山下。梅根下山整整用了十二个小时的时间，直到当天晚上九点，才把比斯塔送到了七千三百米处的三号营地，由于治疗及时，比斯塔只是两根手指和几根脚趾被冻伤而已。

让人温暖心动的，不是这两个登山者的辉煌与荣誉，而是他们从高处走向山下的故事：一个背下了九吨垃圾，另一个背下了一条奄奄一息的生命。

美德是生命最精彩的部分

　　已故香港华懋集团主席龚如心被称为"亚洲第一富婆"。据统计，龚如心名下的财产加在一起，将近有四百亿港元。

　　以此计算，龚如心的身家要比英国女王伊丽莎白二世的财富多出五倍。巨额财富，让她自 1997 年起，每年在《福布斯》富豪榜上都有一席之地。但是，龚如心和其他富翁也没什么两样：有钱，以及一段积累这些钱财的所谓"传奇"经历。如今有钱人多如天上繁星，所以见多不怪的人们对她们早已没有关注的兴趣了。引起人们注意的，是这位亚洲女富豪生命中的其他细节。

　　龚如心从来不穿名牌衣服，她的衣服都很普通，好多都是朋友亲手做给她的。她从没有花钱理过头，头发都是自己剪的。对于饮食，海鲜宴席在她眼里更是"贵得要命"，所以她从不享用鲍参翅肚，而只吃简单的快餐，吃剩下的饭菜还要打包带走。她对坐车的态度也十分随便，经常坐极普通的轿车。有一次，龚如心的华懋集团开楼盘，负责按揭的银行送几盒蛋糕到地盘售楼处慰劳员工，在场的龚如心毫不客气，把剩下的蛋糕全部带走。更令人难以想象的是，这位亚洲女首富每个月的花费不会超过三千元！

更令人惊讶的是，这样一个对自己近乎苛刻的女性，做起善事来却慷慨大方。早在 20 世纪 90 年代，龚如心就捐建了一座"华懋护理安老院"。1993 年，华东发生水灾时，她捐款三百万港币。从 1995 年起，龚如心又设立了"如心农业奖励金"，每周奖励一名小有成就的普通农民，一年五十四名，奖金为每人一万元人民币。1997 年，龚如心又出资两千万元人民币设立了教育基金会，支持中国国内六所大学的教育事业。就在逝世前不久，她还在香港发起筹建"中国老区发展基金会"，向中国老区建设促进会捐赠五百万元港币。龚如心的善举几乎遍布了各个行业、各个人群。

"自己最开心的事情就是赚钱，赚了钱才能帮助更多的人。"这是龚如心曾说过的一句话。品读这句话时，让人心灵一动，感觉其远比那道叫作财富的光环更为耀眼夺目。

每个人活着，一贫如洗也好，富可敌国也罢，都是铺陈，都是道具，都是浮光掠影，只有为人处世中表露出的那份美德，才是生命中最精彩的部分。

恨也不妨尊重

美国和墨西哥有几千公里长的边境线，每天，都有来自墨西哥的非法越境者，穿越边境，进入美国。

为了防堵这些偷渡者，美国政府在边境线部署大量军队日夜执勤，同时，美国一些民间组织也成立了巡逻队，手持长枪、坐在凳子上等着对付非法移民。

就当很多美国人在边境忙着阻挡偷渡者时，一个名叫胡佛的美国人却在边境地区竖起了蓝色旗帜，为那些"招人恨的非法移民"建了若干供水站。

原来，越境者偷越边境线进入美国国境后，呈现在他们面前的是浩瀚的亚利桑那大沙漠。而一个人要想成功穿越这片沙漠，至少需要三十六升饮用水。但偷渡者们在仓皇越境时根本不会考虑到水的问题。于是，很多人因为淡水准备不足，承受不了高温的煎熬而渴死在沙漠里，虽然有少数一些人靠吮吸仙人掌的汁液侥幸存活下来，也会因为极度脱水，而患上肾衰竭等疾病。从 20 世纪 90 年代至今，已经有超过三千名偷渡者渴死在这片沙漠里。

然而危险并不能阻止越境者的脚步，为了圆自己的"美国梦"，每天仍有很多人走进这片死亡之域。

有一次，胡佛开车经过这片沙漠时，碰到了一对奄奄一息的母子，她们越境进入沙漠时，只带了一瓶水。干渴面前，这位母亲让儿子喝下了那瓶水，而自己却永远倒在了沙漠里。这一幕深深震撼着胡佛，为了不让更多越境者渴死在偷渡的路上，胡佛在沙漠里建起了一个水站网。从此，胡佛每天都开着装满水的卡车行驶在广袤无边的沙漠中，给每个水站的大水桶蓄满水，以备偷渡者的救命之需。与此时同，胡佛还绘制了这片沙漠的地图，将每一个水站的位置、美国边境检查站的灯塔以及经常发生意外的危险地段都清楚地标注在地图上。而这份地图上，还标了一句很醒目的警告文字："别这么干，没有水，会要了你的命！"这份地图被散发到了墨西哥和其他中美洲国家。

胡佛的做法引起很多美国人的批评，他们认为沙漠里的水站直接帮助了那些非法移民，并是对有此企图的外国人的一种鼓励，更何况这些穿越边界者中也许就夹杂着恐怖分子，对美国国家安全构成了威胁。而胡佛散发地图更是一种煽动，是对犯罪行为的教唆和支持。

　　面对这些攻击和责骂，胡佛却很平静，他在一家电台做节目时说："作为一个美国人，我也恨那些偷渡者，我也希望他们能待在自己的国家。但是，恨和尊重是两回事，偷渡者也是人，从人道上讲，我有义务尽自己的力量，来尊重他们活着的权力。"

父亲的那些秘密

五岁那年，镇里来了个马戏团。父亲得到消息，就急忙带着他去看热闹。到了那里，才发现演马戏的人被里三层外三层围得水泄不通。他听到里面热闹的声音，却看不到。于是急得在地上打着滚哭闹。

父亲就把他举起来，骑在自己的脖子上。那场马戏，足足演了两个小时，他看到过瘾处，禁不住在父亲的头顶上手舞足蹈。散场后，他发现父亲比自己还要高兴，在回家的路上逢人便说这次马戏演得好。

年幼的他不会知道，当时父亲眼前都是密密麻麻的后脑勺，他什么也没有看到。

十五岁那年，他和一个不务正业的小混混一起到镇长家偷东西，结果被镇长的两个儿子逮了个正着。正在田里耕作的父亲得到消息，急忙撂下手里的活赶到镇长家。当时，他的头正被镇长儿子的皮鞋踩在地上。父亲急忙请求放了他，并承诺所有的损失都由自己来承担。最后，他毫发无损地全身而退。事后，他居然很得意地夸耀自己混出了名头，连镇长的儿子也不敢把自己怎么样。

他哪里知道，那天他走后，从不在人前弯腰的父亲，竟然在镇长的家里，扑通一声跪在了地上。

二十岁时，他已考入南方的一所大学，那年寒假，他没有回家。父亲从北方来看他。他说老师和同学对自己一直很照顾，要请大家吃顿饭。父亲拍拍胸脯说，再穷也不能欠人家的情，这客得请。他选了一个大饭店，那天，他的老师和同学们酒足饭饱。结账时，父亲说什么也要将剩饭剩菜打包，看到在场的老师和同学，他有些愤怒。父亲急忙解释说，扔了太糟蹋了。家里养了两条狗，拿回去喂狗也是好的。父亲当天晚上就踏上了回家的列车。

他永远不会知道，父亲在饭店为他买完单，再买了车票以后，兜里已经没有一分钱了。两天两夜的行程，父亲硬是靠那点剩菜剩饭挺到了家。

二十五岁时，他新婚不久，父亲千里迢迢给他背去一袋大米。正巧他和妻子出去度蜜月。一个星期后，当他们回来，发现父亲正坐在自己家门前的楼梯上，手扶着米袋打瞌睡。他和妻子急忙把父亲叫醒。父亲看到他们，羞赧地笑了。那天，父亲把粮食放到屋子里，连一口水都没喝，停留一会儿就离开了。他看着那袋大米，嘴里还抱怨着，大米多得都吃不了，干吗费力气背这东西来呢？

他想象不到，年近六旬的老父亲，扶着那袋米，在他家门前的楼梯上足足等了两天一夜。

三十岁时，他也有自己的孩子了。那年"五一"长假，他带着妻儿一起回乡度假。北方的五月乍暖还寒。小女儿看到门前池塘里有小鱼儿，就叫嚷着让爷爷去捉。他看到身形佝偻的父亲脱了鞋，挽了裤腿就下水了，就急忙说，爸您快出来，别凉着。父亲则笑着对他说，没事，不凉不凉，在里面还挺舒服呢。后来，他也偷偷下了水，结果，他一只脚刚伸到水里，一股钻心的刺痛就传遍了全身。他看着父亲弯腰摸鱼的背影，眼泪一下子流了出来。父亲呀，你在说谎！

从小到大，他一直不了解父亲，直到自己也做了父亲，才发现了父亲对自己撒谎的秘密。他不敢想象，父亲这一生，有多少自己未知的秘密！

让我们含泪铭记，这世界上的一个人，他把所有的卑微、屈辱都藏进自己心里，然后，再以一座山的形象挺立在我们面前，这个人是父亲。

覆盖心灵的雨伞

　　爸爸和妈妈分开时，他刚刚九岁，正读小学三年级。那个下午，他在校门口等了很久，也没有等到妈妈，眼看着其他的同学都随母亲离去。空荡荡的校园里，只有他自己，反复数着校门上那四十二根铁柱。

　　就在这时，一辆车停在了门外，车门打开，爸爸走下来，向他招手。他默不作声地上了车，爸爸边抽烟边开着车，脸色很严肃，他预感到家里发生什么事了。但他没有说话。车到楼下时，爸爸突然对他说："你妈妈走了，不回来了。爸爸工作忙。你以后要学会自己回家了。"

　　其实，从他记事时起，爸爸和妈妈的争吵就从未断过。妈妈经常会说那句：总有一天，我要离开这个家。他没想到，妈妈走得这么突然，竟没有和他告别。

从那天开始，他开始不爱说话了。老是想着妈妈。最难堪的就是每天放学的时候，当看到其他同学的妈妈都站在门口时，他便感觉自己像个野孩子，但是，他还是要努力装作一切都没有发生一样，以免让同学们知道妈妈走了。每天，他都会坐在教室里，等到其他的同学都走光了，他再回家。

但是，妈妈不来接他这件事还是被同学们觉察到了。于是，班级里一些淘气的同学开始在背地里传播他没有妈妈的消息。

"没有妈妈"，这在一个孩子心里，应该是最大的耻辱了。那些日子里，他几乎不敢抬起头来。因为他一抬头，就会发现同学们用怪怪的眼神看着他。渐渐地，平时要好的伙伴们也开始疏远他了。他也更加自惭形秽，把自己和周围的同学分隔开来，他的学习成绩也出现了很大的波动。他的反常引起了班主任老师的注意。她批评他不要整天胡思乱想，把心思放在学习上。他记得老师从前对他很好，从前每当妈妈来接他时，老师总要夸他几句。他真想告诉老师："妈妈走了，叫我如何能安下心来呀。"

那是一个下午的自习课，外面突然下起雨来。雨越下越大，同学们看着窗外的雨，开始叽叽喳喳："妈妈快来接我了"，"妈妈一定会给我送雨伞来的"……大家谈论的话题几乎都是关于妈妈的，一听到"妈妈"这个词，他就心酸不已。

就在这时，教室的门突然打开了。是老师。老师手里拿着一把折叠伞，径直走到他的面前，当着所有同学的面，把雨伞交给他说："你妈妈刚才来了，她说今天晚上加班不能来接你了，让我将这把伞交给你。"听着老师的话，他一阵迷惘，在同学们的唏嘘中，老师已经离开了教室。

他没想到，这把雨伞，竟一下子改变了同学们的态度。他终于找回了自尊和自信，开始重新回到同学们中间，他的一切都有了新的转变。

后来，他顺利地考上中学、高中，直到上了大学。每当下雨天，他都会想起给他送雨伞的老师。她用一个善意的谎言，在一个孩子的心灵上撑起了一把庇护之伞。

这把伞，让他走出了那段阴霾人生，并一直从容自信地走到今天。

第二辑

温情·挚爱

每个人都不只是为了自己活着。再渺小、再普通的人，也会有人需要你，对有些人来说，你是一棵伟岸的大树。

飓风中的两个瞬间

　　飓风"卡特里娜"袭来时，美国墨西哥湾沿岸的四个洲变成了人间地狱，遭飓风袭击最严重的密西西比州百分之九十的建筑已"完全消失"。飓风虽狰狞可怕，但人们的爱并没有退缩，爱心与奉献在这场灾难中演绎着一段段可歌可泣的故事。

　　飓风袭来时，有六个人刚刚从密西西比州首府杰克逊市的一个法院里走出来，他们是刚刚对簿公堂的原告和被告，为避灾难，他们情急之下不约而同地就近躲在一个立交桥的桥墩下，当时的风力达到十二级，连小汽车也被刮到了半空。凭靠着光秃没有把手的桥墩的六个人，随时都有被刮跑的危险。怎么办？危急时刻，一个声音突然喊道，快把手拉在一起。喊声让人们恍然大悟，他们抛却了所有的恩仇与芥蒂，围抱着桥墩把手紧紧拉在一起，那一刻，他们感到别人的手对自己是那么重要。结果，飓风也对这同心连手的六个人无可奈何，六个人逃过了一劫。

强烈飓风也使洪水泛滥成灾，路易斯安那州首府新奥尔良市由于地势低于海平面，百分之八十的城区都被洪水淹没，有八个市民在洪水泛滥时坐到一条小船上逃生。但小船还没有走多远，就因为负载太重，在水里直打转，并慢慢下沉，眼看着一船人就要葬身水底。

就在这时，一位体态较胖的中年男子站起来说："让我跳下去，大家就得救了！"听了他的话，其他的几个人也纷纷要跳下去，以把生还的希望让给别人。但中年人向他们大声说："谁也别争，跳下去的必须是我，因为我是所有人里最重的。"说完，他就跳下去了。小船停止了打转并开始上浮，船上的其他人眼看着这个不知姓名的人被洪水吞没，都失声痛哭起来。

灾难常常令人类狼狈不堪，灾难常会带来惨绝人寰的毁灭，但每场灾难都是对人类的严肃考验，就在这些考验中，我们会看到最光芒四射、最铿锵峻拔的美丽人性。

有尊严的冰淇淋

每天晚上下班之后，我都有半个小时的时间在父亲的冷饮店里帮忙。因为这一时段，会有许多刚刚放学的小学生来买冰淇淋，渐渐地，我对这些稚嫩的面孔熟悉起来。

有一天，我偶然发现橱窗外有一双眼睛。我仔细观察了一下，它是属于一个十一二岁的小男孩的。男孩穿着一件白色的背心，肩上斜背着一个老式书包。他盯着店里其他买冰淇淋吃的孩子，一脸羡慕。

以后的几天，我总能发现那双眼睛。我把这件事告诉了父亲。父亲看了看那个小男孩，没有作声，我对父亲说："可怜的孩子一定很想吃冰淇淋，但却没有钱，我们可以送一支给他呀！"

但父亲却冷漠地摇了摇头。

之后的一天，当其他的孩子散去后，我突然看到父亲对那个站在窗外的孩子招手示意。男孩进来了。父亲对他说："孩子，你可以为我到隔壁的报亭买一份晚报吗？"孩子点点头，很快，他就把报纸买回来了。

这时，父亲微笑着从冷柜里拿出一支冰淇淋递给了孩子。孩子高兴地接过了冰淇淋，说了一声谢谢。

"不要谢我，这是你应得的酬劳！"父亲对孩子说，"你能每天都来帮我买一份报纸吗？酬劳是每次一支冰淇淋。"

孩子兴奋地点点头。

看着孩子拿着冰淇淋离去的背影。我忽然想到：孩子一定吃得很香甜。

因为，父亲在那支冰淇淋里放进了尊严。

音像店窗口
的温暖

早春时节，晚上八点多，街上冷峭着，所有店铺都已经打烊了。

突然看到，有一家小小的音像店，还亮着灯，放着音乐。我走过去，才发现店外的街上竟站着一群衣着朴素的异乡人，他们都在盯着音像店橱窗上面，那个正播放着小品的电视屏幕，时而发出阵阵轻笑。

我走进店里，边挑选影碟，边和店主攀谈起来。这个四十多岁的男人告诉我，从音像店到他的家，有二十分钟的车程，但是过了晚上八点半，就赶不上末班车了，他要步行一个小时才能到家。我说他店里晚上的生意一定很好，他却看着我笑着摇头，说很少碰到我这么晚来买碟的。

"既然这样，为什么不早些关门？"看着我满脸疑惑，他指了指窗外对我说："你看，看窗外。"

透过橱窗的玻璃，我看到了那一张张认真与满足的笑脸，正对着橱窗上面，让人内心蓦地涌起异样的东西。

店主对我说："这些人都是在城市里打工的农民工。他们每天为生计劳碌，只是在晚上，才有时间到街上转一转，我猜想，他们一定会寂寞，会思乡，在这陌生城市里，看电视、听音乐对他们来说，应该是遥不可及的事情。而我只是随手放了几个小品，就会让他们快乐得不得了。"

"可是窗外的那些人，也许永远不会知道这些的。"我对他说。

店主说："那倒无所谓，倒是我自己，虽然每天要步行一个小时，很晚才回到家，但是当我走在路上，想着那些笑脸时，我就会感觉到，步行要比坐车子舒服得多！"

那个夜晚，当我走出那家音像店的门，再次回望它：在夜色里，音像店那个小小的橱窗如同一个温暖的出口，让整条沉静的街都亲切起来。

拥抱才能上天堂

据说，天使最初都是在地狱降生的。出生时，他们只有一只翅膀，叫作单翼精灵，只有那些飞到天堂的单翼精灵，才能长出另一只翅膀，成为真正的天使。那些飞不起来的精灵们，就会变成魔鬼，永远留在地狱里。

由于只有一只翅膀，单翼精灵是无法飞起来的。但最终，他们之中还是有一些飞上天堂成了天使。

原来，一部分单翼精灵因为害怕负担太重上不了天堂，就置同伴于不顾，只是自己拼命地扑扇着那支翅膀，却总也飞不起来；而另一部分总希望把同伴也带上天堂，于是，他们在起飞之前，总要紧紧地拥抱住别的单翼精灵，这样，这些两两拥抱在一起的单翼精灵就有了两只翅膀，最后他们飞到了天堂。

每个人都是单翼精灵，但能抵达生命之天堂的，是那些懂得拥抱别人的人。

柔软的伤害

侄女小米期末考试在班级拔了头筹。作为奖励，放暑假后，哥哥带着她从乡下到城里来玩。小米的到来，让我的女儿豆豆高兴得不得了，她整天跟小米形影不离，并时刻像个老师一样，告诉小米这个，又告诉小米那个，她恨不得一下子让小米融入这座陌生的城市。

小米临走前一天，我给她买了一部手机作为礼物。第一次用手机，小米高兴坏了。坐在沙发上不停地摆弄手机，弄了半天，也没太弄懂。热心的豆豆见状，就把手机从小米手里拿过来，又拿手机的说明书，对着拨弄了几遍键盘，然后把屏幕一面对着小米，告诉她，这个键是干什么的，那个键是什么功能，怎么发短信，铃声怎么换……豆豆只顾讲解，却没有注意到，小米脸上没有感激，只有不悦。

　　我父亲开了一家蛋糕店，为了吸引顾客，父亲每天用刀切一些蛋糕丁，装在一个塑料托盘里放在橱窗外面，旁边贴一纸条："免费品尝。"

　　有一位老人，每天路过时都要品尝一点蛋糕，但他从来没有买过。有一天，老人来时蛋糕丁已经没有了，托盘里只剩一点碎屑。老人就把那点碎末倒在嘴里，吃得很香甜，微笑着咂了咂嘴。父亲见状，就拿出一整块蛋糕，送给那老人，我们都没想到，老人脸上的笑容一下子变成了惊愕，他没有接受父亲的施舍，就默默地离开了。从此，他再也没有出现过。

　　生活中有很多事例告诉我们：撒播善意的种子，未必能收获美好的果实。因为人活着不一定需要善意，但不可缺少尊严。我们主观的给予和施舍，恰恰是剥夺了别人赖以存在的尊严，这就让我们自认为很美好的善意，成为一种柔软无力却深及别人心腑的伤害。

温
馨
的
咳
嗽

　　十年前，我父亲在一个小镇做煤炭生意。父亲把煤堆在一个围墙很矮的院子里，结果经常被偷。每天夜里，父亲都要起来看一看。一天晚上，我和父亲一起巡夜时，突然看到一个女人正伏在煤堆边偷煤，我想过去抓住她，却被父亲制止了。父亲带我转到煤堆的另一侧，然后故意咳嗽了一声，结果那女人听到咳嗽，就急忙离开了。从那以后，父亲的煤再也没丢过。后来，我明白了父亲咳嗽的深意。住在小镇里的都是熟人，如果在那种场合下相见，那女人一定会无地自容，父亲也会尴尬万分。那一声咳嗽的暗示，远比当面的责难与批评高明得多，因为它于人于己都是一种关怀和爱护。

　　高中同学聚会时，大家还会记起一位老师和他那温馨的咳嗽。那时为了迎接高考，学校把整个高三年级管理得像个铁桶一般。老师们整天一脸严肃，课堂仿佛成了笑声的绝缘体。尽管这样，大家爱玩的天性还是难以泯灭。在上课铃响后老师未进教室这短暂的间隙里，大家就会放松紧绷的神经，尽情宣泄一会儿，而有些老师就喜欢在大家猝不及防时搞突然袭击，抓住现形，然后不留情面地批评一些同学。结果往往是学生们的情绪很低落，老师自己的心情也不会好，一堂课会在尴尬中度去。只有一位老师非常可爱，他在走进教室之前总是先咳嗽一声。听到这声咳嗽，大家就会马上收起与学习无关的事，坐得端端正正。因为这声咳嗽，在接下来的四十五分钟里，师生之间会在一种和谐的氛围中共处。

参加工作后，我有幸再次碰到一位善于咳嗽的领导，他虽然对大家要求很严格，但是每当进入办公室之前，他都习惯性地先咳嗽一声，这声咳嗽，即在暗示，我来了，收起与工作无关的事情。于是，上网聊天的关了 QQ，侃大山的闭上嘴，煲电话粥的挂机。领导此时进来，看到大家心无旁骛的工作状态，自然是满意，对于这样善解人意的领导，大家当然也会满意。在一些时候，单位的工作经常会忙不完，这时，大家会不约而同地留下来加班，虽然不会有额外的酬劳，但大家心甘情愿——只为那人性化的咳嗽。

细想起来，善于咳嗽是一种发诸心灵的智慧，它是给别人一个善意的提醒。它也能营造出浓厚的人情味。温馨的咳嗽更是在人与人之间构建了一个缓冲地带，从而化解了正面的冲突与伤害，最终达到和谐的共赢局面。

窗上，那一百零二点血迹

去年春天，我用十几年的积蓄，买下一个带阁楼的居室，当阳台窗户的玻璃刚刚装上，一家人便迫不及待地搬进了新居。我和妻子的卧室朝北，儿子的卧室在靠近阳台一侧。住进新房子的感觉好得难以形容，我和妻子从来没有像这一夜睡得香甜。但早晨起来后，儿子却说抱怨他一夜都没睡着。我问他为什么，儿子说昨晚上好像有人不停地敲击阳台上的玻璃，吓得他缩在被窝里一动不敢动，一夜没睡。

这是离地十几米高的顶楼，怎么可能有人爬上来敲玻璃呢？我推开阳台的门，被眼前的情景惊呆了：前一天刚刚安好的玻璃窗上布满了点点血迹，早晨的阳光透射过来，每点指甲大小的血迹都泛出淡淡的殷红，似片片花瓣镶在窗上。儿子数了半天，告诉我那血迹共有一百零二点。哪儿来的血迹呢？带着疑惑，我推开阳台的窗子，却见楼下几个孩子围着什么东西在看，下楼时才发现，那是一只死去的燕子，燕子的头上都是血迹，自此谜团终于解开，窗上那些血痕是它留下的。

不久后，家里开始装修阁楼，我指挥几个工人清理阁楼里的家具和杂物，几块木板被挪开后，屋角上方赫然出现了一个鸟巢，一个工人拿来梯子爬上去取下鸟巢，奇怪地说："这里面还有四枚燕子蛋呢！"

"燕子蛋？"我忽然想起了窗上那一百零二个血痕和那只死去的燕子。那一刻，我明白了一切。去年，那只燕子在阁楼里筑巢生蛋，是突然装上的玻璃把她挡在了外面，于是她一次次撞向那冰冷无情的玻璃，却最终抱憾而死。

一只燕子生命的完结，怕是轻如草芥了，但这个为了爱与责任而不惜头破血流、殒身折命的小小生灵却让我肃然起敬。身边每天上演着生离生别的故事，那总如淡淡水痕，怕在一瞬间就会风干了，但那一百零二点血迹会如点点太阳花，在每个春天都娇艳着我的世界。

感动一座城市的狗

2007 年 7 月，重庆市遭受了百年不遇的暴雨袭击。暴雨过后，长江江水猛涨，这使渝中区一个和陆地相通、延伸到江心的珊瑚坝被漫淹成了江中孤岛。岛上没有人，只有一些横渡长江的游泳爱好者，把它当作中途休息的地方。

7 月的一天下午，几个渡江者在游到珊瑚坝上休息时，意外地在一个临时工棚里发现了四只刚出生不久的小狗。四个小家伙显然出生没有几天，因为它们还没有睁开眼睛。看着小狗，人们感到十分的惊讶：江心的珊瑚坝，仅存一块方圆不足一千平方米的土地，地上都是空心砖和小树，根本没有食物，那么，是谁把这四个小小生命带到了孤岛，它们究竟如何生存下来？

想着四个小狗，第二天下午，好奇的人们再次来到岛上，想看个究竟，此时，四只小狗睡得正香，人们开始在岛上搜寻。

最终，他们意外地发现了这四只小狗孤岛生存的秘密。

人们发现，在小岛的斜对岸，一只花白的大狗忽然跳入咆哮的长江里，然后顺流而下，向江中心的珊瑚坝游过来。江水湍急，大狗头颅高昂，并拼命地用四肢划水。不时有巨浪砸向大狗，一个浪就能把它冲出两三米远，但这并不能阻止它游向孤岛。它在波浪中奋力搏击，渐渐向孤岛靠拢。江水本来就浩瀚，特别是涨水后，水势更为湍急汹涌，水下暗流漩涡密布，就是几十年在江里游泳的健将，此时也要系着泳圈过江。而这只狗却义无反顾，勇于涉险，这场面使在场的人们惊心动魄，都不由为大狗捏一把汗，盼望它平安上岸。

十多分钟后，大狗终于游上珊瑚坝，它来不及抖掉身上的水珠，就撒脚跑进那个工棚里。用舌头分别舔了舔那四只小狗，然后躺在地上。小狗们急忙拥向大狗，尽情吮吸着它的乳汁。

至此，四只小狗的生存秘密被揭开了。原来，这狗妈妈一直生活在珊瑚坝上，当它生下四只小狗，长江还没有涨水，狗妈妈每天到远处找食物，吃饱以后，再回来喂自己的孩子，但让狗妈妈没有想到的是江水暴涨，四个刚出生的孩子竟然被困在江中的孤岛上。

面对着浩浩江水，狗妈妈也许曾茫然和绝望，但是，思崽心切的它义无反顾地选择了以身涉险，横渡大江。每天早晨，它游回到岸上觅食，傍晚再游到孤岛上给孩子们喂奶，陪伴孩子们度过长夜。如此往复。每天两次。

英雄狗妈妈和四个孩子的故事传开后，一时震惊了重庆，很多市民带着祝福和感动来到江边，他们在它渡江时为它鼓劲加油。大家还为它起了个名字，叫花花。为保证花花奶水充足，人们给它买来各种食物，人们期望它能和自己的孩子都健康平安地生存下来。

花花是一只狗，它不会说话，它只知道自己的孩子在彼岸，每天要游过江去喂养它们。它不会知道，生活在这江边城市里的人，都在关注着它、爱护着它。

但这城市里的人都知道，他们已经失去许久的泪水与感动，又找回来了，从这只叫花花的狗妈妈的身上！

两只麻雀

小时候，每到冬日雪天，捕鸟就成了我的乐趣。野外捕鸟，最有效的方法是用罩着一层铁纱网的鸟夹子。把一小串谷穗系在夹子的机关上，然后支起夹子，放在雪地上。大雪覆盖地面后，鸟儿没食吃，饿得狠了，就不得不落下来，走进鸟夹里吃谷穗。鸟一啄，触动机关，夹子"啪"地合拢，鸟儿就被扣到里面了。

那是一个冬日的早晨，我到野外去收头一天下好的四个鸟夹子。让我感到意外的是，雪地上只有三个空夹子，另一个呢？寻找那个鸟夹时，我意外地发现雪地上竟有点点滴滴的血迹，循着那断断续续的血迹，我看到那个丢失的鸟夹，竟在不远处的一块大青石旁边。我走过去，被眼前的情景吓了一跳：夹子里扣着一只麻雀，而另一只麻雀正站在夹子的外面，不停地啄着罩在夹子上的铁丝网，麻雀的嘴已经啄得血肉模糊，殷红的鲜血顺嘴滴落到地上，白雪被染红了一片。我不忍再看下去，突然想到放掉夹子里的麻雀，外面的那只就不会再啄了。但是，我错了，看到我的出现，外面的那只麻雀突然用尽力量，对着里面那只绝望地嘶鸣两声，像是在做最后诀别，然后仆倒在血泊里。我被惊呆了，急忙跑过去拿起鸟夹，把里面那只鸟掏出来，对它说，你快飞走吧。那只麻雀"扑喇喇"一下子飞到空中去了，看它飞走了，我沉重的心一下子轻松了许多。可是，令人意想不到的一幕出现了：那只麻雀又盘旋回来，突然一个俯冲，狠狠地撞在鸟夹旁边的大青石上。只短短几十秒，两只麻雀选择了让人不可思议的方式先后惨烈死去，让人惊心动魄。

那天早晨，看着雪地上那两个血肉模糊的小小生灵，我竟无法控制自己的眼泪。

一只青蛙创造奇迹

　　我一直坚信，这世界上的万物皆有灵性，所谓的灵性，是它们也有着同我们人类相同的友爱与互助精神。这种坚信，来自我亲眼看见的一个真实片段。

　　雨水给东非大草原带来了勃勃生机。曾经干裂的土地上，大大小小的水塘星罗棋布，生命就在这其中潜滋暗长。但是雨季一过，生命又开始面临残酷的考验。在一个小水塘里，成千上万的蝌蚪游弋着。此时，烈日正在草原上空肆虐，小水塘在一天天地萎缩。蝌蚪们的生存空间越来越小了，他们在有限的泥浆中拥挤着，涌动着，也许太阳只要再烘烤半天的时间，这些生命便会同水塘一起干涸了。而令人叹息的是，与小水塘几厘米之隔，就是一个面积很大的池塘，因为与河流相通，这个池塘水量丰盈。

　　虽然，生的希望就在几厘米外的距离，但是，这无人眷顾的万古洪荒之中，一池蝌蚪的生死存亡也许只能听从造化的安排。生命转瞬即逝，这是一幕如此悲情的生命记录，任谁面对，都会心痛欲狂。

　　就在生死攸关之时，一只硕大的青蛙突然出现了。对于这些蝌蚪，他（她）或许是父亲，或许是母亲，或许只是一个过客。但它的作为足以震撼我们每一颗心灵。它爬到小水池与大池塘之间的泥堤上，然后用两条后腿用力蹬开烂泥。它的睿智竟同人类一般无二，人类为了连通大洋而挖掘运河，而它也是在开掘一条连通两个水池的生命通道。一次，两次……无法计算，这种笨拙的"挖掘"重复了多少次，直到它腿上的皮肤被磨破，泥浆中有了丝丝血色，它仍不弃不离。最终，这只青蛙创造了一个伟大的生命奇迹——两个池塘相通了。

　　蝌蚪们欢快地、争先恐后地游进了大池塘里，而此时的青蛙已经精疲力竭，它静静看着它们全部进入安全地带，才托着受伤的后腿，踉踉跄跄地潜回水塘里。

　　谁会想象得到，在这世界上的某个地方，有一只青蛙曾创造奇迹，去为同类开掘一条带血的求生之路。一只青蛙对于我们来说，可以忽略不计，但是一只青蛙对同类的爱与付出，或许比我们人类更加浓重，更加精彩。

让人流泪的化石

　　这是一次令人震撼的考古挖掘，它吸引考古学家的不是化石的数量和珍贵。

　　2000年，一组恐龙骨化石在中国辽西被发现，考古学家探测后认为，它是属于三十四只小恐龙和一只成年母恐龙的。小恐龙的个体相差不大，是生活在一起的同胞兄弟姐妹，从尚未完全愈合的头骨骨骼，可以看出他们是刚出生不久的幼仔，而成年恐龙是这些小恐龙的妈妈。从岩层的横切面可以看到，这些小恐龙的化石是处在一个洞穴里，而恐龙妈妈的化石则正好位于洞口处，处于一种保护洞穴的姿势。但是她身体朝洞外的部分已被烧焦了。考古学家们用现代科技，还原了那个惊心动魄的场景。

　　一亿二千五百万多年的一天，恐龙妈妈带着一群刚出生不久的孩子在山坡上游荡，小家伙们好奇地观察着陌生的新世界，兴奋地互相嬉闹。突然，附近的火山爆发了，山崩地裂的危急时刻，恐龙妈妈护着自己的孩子们向山下仓皇奔逃，炽热流淌的岩浆与火山灰追赶着他们。慌乱中，恐龙妈妈发现了一个洞穴，她便迅速将孩子们藏进去，然后伏卧在洞口，她试图用身体为孩子们挡住外面的一切。但她没有想到这场灾难会是灭顶之灾，汹涌的岩浆浇注在她的皮肤上，熔化了她的肌肉和骨头，最终，她一动也没动。

接着，恐龙母子被无情的灾难全部吞噬封存，直到一亿多年后以化石的形态被发掘出来。

岩浆浇注在皮肉上，那会是怎样难以忍受的疼痛，至死伏在洞口一动不动，那又是怎样的爱心守护？灾难突来，逃避求生，是所有动物最本能的反应，但这只恐龙妈妈却放弃了逃生，把一种震撼心灵的姿势，永远定格在了历史的坐标上。

时空可以沧桑一切，灾难可以湮没一切，但化石透射出来的某种东西足可以穿透亿万年时光，让我们这些文明社会里的现代人荡气回肠，潸然泪下。

八分二十三秒
的震撼

那年，我在南非克鲁格国家公园拍摄风光片时，意外捕捉到了一段动人心魄的真实画面。

那天傍晚，一群野牛正沿着河岸缓缓前行，而在前方不远处，六七头狮子正藏在草丛里，等待着猎物的到来。有两只野牛带着一只小野牛，却不知道前方杀机四伏，它们欢快地向前奔跑，距离队伍越来越远，而离狮口越来越近。

没有任何征兆，埋伏的狮子们就纷纷跃起，三头野牛猝不及防，已与狮子狭路相逢。三头野牛急忙掉头逃跑，但是，狮子的速度更快，一头狮子几个起落，就追上了落在最后面的小野牛，并将其狠命地扑进河里。

小野牛在河水里挣扎着，几头狮子一起咬住它，它们要把这个战利品拖上河岸来享用。但就在小牛即将被拖上岸时，河水里突然一片翻腾，那是一条巨鳄从河中一跃而起，它张开血盆大口，牢牢地咬住了小牛的尾巴，向河里狠命地拖拽着小牛。就这样，群狮与鳄鱼在河边展开了争夺小牛的拉锯战。几番撕扯，胜负已见，最终是狮子多力量大，鳄鱼没有得逞，小牛被拉上了岸。

我看着镜头里那可怜的小牛，它即将成为狮子的美餐了，这是自然界弱肉强食的必然结局呀。但我发现，镜头里突然有了新的内容，那刚刚逃走的两只野牛，竟带着近百头身强体壮的公牛狂奔而来。原来，它们在生死关头丢下小牛逃去，并非是为了苟且偷生，而是去搬救兵。

众野牛如风而至，把几头狮子团团围在中间，一只野牛开始狂追一头狮子，这画面让人毕生难忘：在强悍的猛兽面前，这只食草动物的温驯软弱荡然无存，它面目眦裂，踢跳嘶哮，吼声如雷，似威武的战将，而那狮子的威风早已无影无踪，它在这头野牛面前落荒逃去。但是，剩下的狮子依然咬住小牛不肯松口。野牛们终于发怒了。它们结成战阵，逼近狮子。又是一只野牛，对着狮子疾冲上去，它牛角用力一挑，一头狮子就飞到了空中，然后狠狠摔到地上。几个动作，在瞬间内一气呵成，让人忘记了这竟是一只野牛。

群牛嘶鸣，开始发动进攻，在雷霆万钧的气势下，剩下的几只狮子终于面露惶恐，它们无力地抵抗几下，便松开口，四散逃窜了。如血的残阳中，野牛们如一头头勇猛的精灵，它们用勇敢与力量，演绎了一场悲壮的生命之歌，令人动容失色。

挣脱狮口的小牛，又摇摇晃晃地重新回到了牛群之中。野牛们把小牛护在中间，继续向前行进。此时，败落的狮子们只能在远处巴望着浩浩荡荡的牛群渐行渐远，完全没有了刚才的凶悍与霸气，取而代之的是颓丧和失落。

我看了看摄像机上的时间，从小野牛落入群狮和巨鳄之口，到众野牛奋力救出小野牛奇迹逃生，这一过程只有短短的八分二十三秒。

八分二十三秒的牛狮之战，完全颠覆了我曾经对于强者和弱者的定义。强者与弱者，原来并不决定于体魄的强壮或孱弱，也不在于其食肉还是食草。强与弱，是一种精神与意志的较量。有些个体，看似软弱，可他们一旦同仇敌忾、紧密团结在一起，就会是一股无比强大的力量，在这种力量面前，再强悍的对手都会被折服，被击败。

圣诞岛红蟹的路

　　东印度洋的圣诞岛上，生存着一亿多只螃蟹，其中有一半是红蟹。

　　红蟹主要生活在岛上的热带雨林里，它们藏身于湿润的沙土中，以保持身体的湿度。在每年的十月份，圣诞岛就进入了雨季。此时，蛰伏在洞穴里的红蟹似乎听到了爱情的召唤，它们开始走出家门，爬向海边去搭建爱巢，寻找配偶。红蟹选择这个季节去相亲，不但有利于保持身体的湿度，而且此时的大潮汐也能把母蟹排出的卵顺利带入大海。从红蟹的栖息地到海边的沙滩，不足三公里的距离，是红蟹们寻觅爱情的必经通道，也是一条充满凶险的艰难旅程。

　　红蟹上路了，铺天盖地，浩浩荡荡的红蟹像一块移动的红地毯。它们趁着清晨的阴凉，以每小时七百米的速度，从树林里出发，蟹脚掀动树叶的声音，如一阵疾雨掠过树林。

当红蟹们爬出树林时，赤道的烈日已经等候它们多时了。它们仿佛一下子就进入了五十多摄氏度的烤炉里，毒辣的太阳光迅速地蒸发着它们身体上的水分。为了不被烤干，它们加快速度向海边爬行。但是，爬行在队伍后面的那些体质差的老、弱、残蟹，却无法经受这种"烤"验，暴晒使它们的身体迅速脱水，它们再也无力爬行了，只能带着对爱情的渴望，永远搁浅在了通往海滩的路上。

活下来的红蟹们，仍不能松懈，因为它们马上就会迎来下一个生死考验：那是几条运送矿石的铁轨，横亘在它们前行的路上。这些发着亮光的铁轨，在太阳的烘烤下，可以达到八十摄氏度，从上面经过，无异于是经受炮烙之刑。所以，红蟹们跨越这些铁轨时的速度一定要快，而那些腿脚不利索、爬行速度慢的红蟹，则会被烙得直冒烟。每次蟹群经过铁轨，都会在附近留下大量红蟹的尸体，而每只死去的红蟹，头都朝着海滩的方向，它们的身体还依然保持着爬行的姿势。

经过铁轨后，海滩就只有百米之遥了。但它们还要经历最后一次生死考验，因为它们还要穿过一条高速公路。命运好些的红蟹，逢路上无车经过，就算顺利过关了。而总有一些命运差的，会被碾在快速行驶的汽车轮子下面。每年迁徙的季节里，总有成千上万的红蟹被碾轧而死，黑色的路面上，红蟹们用生命涂画着一片片悲壮的红色。

　　经过这一路光与热的洗礼，生与死的考验，当红蟹们最终到达海边时，它们的数量已经不多了。它们在海滩上筑起爱巢，交配产卵，直到终老。而新一代红蟹又要爬回到雨林里生活，于是，他们要重新跨越父辈们走过死亡之路。每一代红蟹，一生之中都要在雨林与海边往返一次。这样，每年都有超过一千万只红蟹，长眠在这条不足三公里的路上，这个数量达到了岛上红蟹种群的五分之一。为了海边上那短暂的生命之约，为了重新返回到雨林里生活，红蟹们前赴后继，殒身不恤，令人惊叹！

　　这是一条危机重重的死亡之路，但红蟹的爱与责任，让它成为一段灿烂动人的距离！

你是别人的一棵树

有个人一生碌碌无为，穷困潦倒。一天夜里，他实在没有活下去的勇气了，就来到一处悬崖边，准备跳崖自尽。

自尽前，他号啕大哭，细数自己遭遇的种种失败挫折。崖边岩石上生有一株低矮的树，听到这个人的种种经历，也不觉流下眼泪。人看到树流泪，就问它："看你流泪，难道也同我有相似的不幸吗？"

树说："我怕是这世界上最苦命的树了，你看我，生长在这岩石的缝隙之间，食无土壤，渴无水源，终年营养不足；环境恶劣，让我枝干不得伸展，形貌生得丑陋；根基浅薄，又使我风来欲坠，寒来欲僵，别人都以为我坚强无比，其实我是生不如死呀。"

人听罢，不禁与树同病相怜，就对树说："既然如此，为何还要苟活于世，不如我们一同赴死去吧！"

　　树想了想说："死，倒是极其容易的事，但我死了，这崖边就再没有其他的树了，所以死不得。"

　　人不解。树接着说："你看到我头上这个鸟巢没有？此巢为两只喜鹊所筑，一直以来，他们在这巢里栖息生活，繁衍后代。我要是不在了，这两只喜鹊可咋办呢？"

　　人听罢，忽有所悟，就从悬崖边退了回去。

　　其实，每个人都不只是为了自己活着。再渺小、再普通的人，也会有人需要你。对有些人来说，你是一棵伟岸的大树。

树下的秘密

有一年夏天，我和几个朋友去漠河北极村。我们驱车从加格达奇出发，在无边无际的林海里穿行。在原始森林里，没有一条像样的路可走，我们要顺着运木材的卡车轧出的一条坑洼不平的毛毛道，一路颠簸着往北走。所幸路两边的风景，让大家暂时忘记了旅途劳顿。就在这个时候，我发现了一些与众不同的小白桦。

说这些小白桦与众不同，是因为它们不但长得直，而且都是排成排的，六七株或十几株一列，排着整整齐齐的队，婷婷地立在路边。我问带路的向导：这些小白桦，排得那样整齐，一定是谁特意栽种的吧？向导听了我的话，笑着又是摇头又是摆手。他说："在原始森林里，所有的树木都是自生自灭的，从来不会有人来管理它们。"

小树成行，竟是自然选择的结果？我不相信，看着那些排得整齐的白桦，我认定了，它们身上一定蕴藏着某种生命的玄机。车在颠簸，我却在不停地捉摸。

那天快到中午时，我们停下车吃午饭。车停在一片白桦林边，结果我又看到了一行排队的小树。七株小白桦，都一般高矮，一般粗细，如一队训练有素的士兵，齐刷刷地站成一条笔直的线，小树们为什么会站成一排？这种好奇竟困扰得我食之无味。

吃过午饭，就在我们准备启程时，有几个护林员刚好经过。一位年老的护林员告诉我们一些"不许在野外生火""吸烟"等注意事项。听说我们是去漠河，他热情地为我们指了一条近路。然后我们攀谈起来，才知道老人在这片森林里生活几十年了，哪一棵树他都认识。

我抓住这个机会，急忙向他请教小树成行的原因。老人笑着说："这个秘密在地下，看了你就会明白了。"

他从同伴手里拿过一把铁锹，然后来到一排小树跟前，从头上第一棵小树树根旁挖土。几锹下去，就挖出了一个半米深的土坑，他俯下身子，用手清理树根旁的泥土，慢慢地，一段椭圆的黑乎乎的东西露了出来。老人用铁锹砍了几下，竟然木屑横飞。我很吃惊，没想到这竟是一根朽木。

老人说："在这深山老林里，处处树木横斜，草莽丛生，它们相互争抢着生长，遮蔽了阳光，盖住了土壤，吸食着水分。

一粒微小的树种，落到地上，很难有生根发芽的机会。"

我问老人："没有新的树木，原始森林岂不要绝后。"

老人笑着说："不用担心，它们有自己延续生命的方式。每到一定的时间，就会有一些老朽的树木倒下去，它们压在荒草和灌木的上面，以身作床，一张张长长的温床，幸运的树种落上去，就有福了，它们可吸取这温床给予的营养而生根发芽，慢慢成长，直到长成一排挺拔的小树，老树的树干有多长，小树的队伍就有多长。完成繁育任务的老树们，会渐渐被落叶和尘埃所埋藏，它们带着生命的秘密，永远沉于地下，再慢慢腐化，成为小树生长的养料。而我们能看到的，只是小树成行。谁会想象得到，每一排小树下面都眠卧着一棵老树。"

老人的解答，让我震撼而动容，以后的一路上，每当再看到有成行的小树，我都要怀着朝圣的心情，用目光来膜拜良久：为那些小树素洁、鲜活的生命力，更为那些甘心埋在小树脚下，默默奉献自己躯体与灵魂的老树们。

从这一刻开始，我对生命有了重新的认识，每个生命成长的背后，都有另一些生命的爱与牺牲，生命正因如此才会生生不息，代代不已。所以，我们每一个人都要懂得感恩，懂得去爱别人。

别把树吵醒了

　　一年冬天，我到林都伊春采访。上午，刚下过小雪，气温在零下二十多度。几位当地的朋友送我去宾馆，在路上，竟看到几名林业工人正在路边冻得坚硬的泥土上刨坑，坑边放着几株两米多高的红松。我看出来了，他们是准备在这里植树。一时感觉很奇怪，因为还是第一次看到在冬天里植树。

　　一位朋友见我如此表情，就笑着告诉我："不用担心，在这个季节植树，棵棵保活。"不觉对朋友的话产生了兴趣，并向他请教在冬天植树的道理。

　　朋友说："在北方，人们总习惯以人的思维来安排树木，选择春天或秋天植树，事实上，在这两个季节里植树，成活率都不高，年年植树年年枯的现象很普遍。而这里的人，爱树，尊重树，把树当成可以对话的朋友和生命。人在夜里要睡眠，一些动物在冬天里要冬眠，而树木在冬天则会休眠。于是，人们就选择在树木睡觉的时候，偷偷把它们从一个地方挖出来，挪到另一个地方去。事实证明，用这种方法植树，成活率竟能达到百分之百。"

见我还是不懂的样子，朋友接着说："待到春暖花开之时，树木醒来发现自己被换了地方时，自己的根已经扎入脚下的泥土里，这样，它们也就没有理由不好好活着了。"

在这个冬日的上午，听着朋友的解说，如同在听着一个冬天的童话。此时再看那些已经栽下的红松，竟不能把它们当作没有感知的植物了；"熟睡着的生命"，此时用这个词来称呼它们是最恰当的。

接下来，每当看到身边有刚栽下的树时，我都会打个手势，示意身边的同行者小声点，悄悄告诉他们："别把树吵醒了。"本以为这句话会让他们见笑，但是我发现，谁也没有把我的话当成玩笑，几个人马上都不说话了。

忽然感觉这些林区的人真是可爱。树也是生命，这是被许多人忽略的事实，他们却一直恪守这个事实，站在与树平等的位置来爱护它们，尊敬它们。

也许，这种对生命的尊重与爱，不仅是树的幸事，更是我们人类自身的福祉。

被忽略的疼痛

六月的一天，驾车带着女儿到乡下去玩。没有想到，如今的乡间公路修得又平又宽，并不比城里的差。路好，车可以开得很快，耳边噼啪声不断，是一些飞虫不停地飞撞到车窗上，这成了一个麻烦：车窗上的污渍越来越多，隔一会儿就得打开雨刷器。

公路两边的田园风光让人愉快而惬意，我想，一直向往大自然的女儿一定会喜欢。于是偷偷地看了看她，结果，却发现她对车外的风景并无太多好感；相反，她盯着眼前的车窗，脸色很难看。正在我奇怪之时，女儿突然说："爸爸，你能不能开得慢点，咱们慢慢地走。"我问她为什么。女儿指着车窗，难过地对我说："你看，那些小虫子撞到玻璃上多疼呀！"

女儿的话，像锤子一样砸在我心上，我的兴致顿时全无，而是把车放慢到时速三十迈，缓缓前行。

选择了一处风景优美的地方停车，然后带着女儿下车拍照。这是一片宽阔的草甸，绿草如茵，踩上去绵软如毯。当我快步跑到草甸中央时，才发现女儿已被落下了一段距离，不远处的她，正蹑手蹑脚地往前走。我招呼她快些。女儿大声回答我："不行，我不能快走。"我笑着问她，又怎么啦？她说："走快了就会把这些小草踩疼了。"听了孩子的话，我也不敢用力走路了。

回来的路上，我一直想着"疼痛"这两个字。我没有想到，自己认为的惬意之旅，在孩子的眼睛里却是一路疼痛。孩子认为飞虫、小草会有疼痛，是因为她天真，她的心灵纯洁无瑕；而我对这些"疼痛"毫无知觉，直至熟视无睹，这从反面说明了我的精神世界可能出了问题。

从这天开始，无论做什么事，都尽量多想想疼痛，不只是自己的疼痛，还有另一些疼痛，也许，每想到一次的同时，都是对自己心灵的净化与按摩。

分一些咖啡给别人

印度尼西亚的苏门答腊岛上，生长着茂密的咖啡树，几百年以来，岛上的居民都靠采集咖啡豆来谋生。

但是近些年来，每当咖啡将要成熟的时候，岛民们的烦恼也来了。这是因为，有一种叫作棕榈猫的动物开始在岛上生存繁衍。棕榈猫喜食咖啡果，而且它们比人类更善于爬树，往往在人们还没有开始采摘时，那些最熟最红的咖啡果早已经成了这些棕榈猫的美餐。

由于棕榈猫的争夺，岛民们获得的咖啡资源就少了很多。为此，岛上的居民非常痛恨这个竞争对手，每到咖啡成熟的季节，便开始驱赶棕榈猫，后来又开始大肆攻击和捕杀它们。人们想以灭绝棕榈猫的方式来保证咖啡的收获量。饥饿加之杀戮，使棕榈猫大量死亡，人们终于达到了独占咖啡的目的。

　　咖啡果长在高大的咖啡树上。人们在采集咖啡时必须要爬到树上去，所以，这是一项非常辛苦的工作。一天，一个懒惰不想爬树的人突然发现：踩在自己脚下的那些棕榈猫的排泄物中竟有很多没有消化的咖啡豆。原来，棕榈猫只是喜欢吃甜美的咖啡果实，但果实里的咖啡豆却因无法消化而被排出体外。于是，这个人就偷偷地把棕榈猫排泄出的这些咖啡豆收集起来，拿回去当作采集的咖啡豆卖给了一位经营咖啡的商人。

　　没想到，这位商人对咖啡有很深的研究，当他闻到这些咖啡的气味时，立刻感觉出这些咖啡非同一般。在品尝这些咖啡时，他更是惊奇万分，因为这种咖啡不但具有糖浆般的黏稠，而且还有巧克力般的浓厚，入口后香醇润滑，妙不可言，他从未喝过如此美妙的咖啡。他放下杯子，马上找到那个卖咖啡的人，问这些咖啡的来源。于是，这个人不得不说出了这些咖啡豆的来历。咖啡商听罢，不觉感叹造化之神奇。人为发酵咖啡的方法，只能制造出普通的咖啡，而棕榈猫的消化系统对咖啡居然会产生特殊的发酵过程，使得原本很普通的咖啡豆脱胎换骨，成为世界上独一无二的神品。感叹之余，他开始出很高的价钱向岛民收购这种棕榈猫咖啡。

　　直到这时，岛民们才不再与棕榈猫为敌了。他们背着筐，苦苦寻找着棕榈猫的排泄物。每天，他们最大的希望是能有大量的棕榈猫来吃咖啡果，然后排泄出更多香味诱人的棕榈猫咖啡豆。因为，一磅棕榈猫咖啡可以卖到三百美金，其价格远远超过了蓝山、考拿等名牌咖啡，成了名副其实的世界上最昂贵的咖啡。

但可笑的是，正是由于岛民的滥杀，岛上棕榈猫的数量已经不多了，而棕榈猫的数量制约了棕榈猫咖啡豆的产量，这让人们后悔不迭。

记着把生命中的每一份"咖啡"都分给别人一些，当我们给别人留下机会，就是给我们自己种下了希望。

玛丽尔达的河豚

在巴西亚马孙河边，有一个叫新艾郎的小镇。

小镇的码头边，有一座水上餐馆。餐馆的主人是个中年妇女，她的名字叫玛丽尔达。玛丽尔达是个善良的女人，由于她经营的餐馆物美价廉，一些常在亚马孙河上来往的船只，在经过新艾郎镇时，都会到她的水上餐馆歇脚用餐。

几年前的一天傍晚，玛丽尔达正准备打烊关门，忽然听到餐馆后面传来粼粼水声。玛丽尔达打开餐馆后门，见平静的河水中有水花泛起。当她用手电筒照射河面时，两头粉色河豚出现在她的视野里。此时，它们正在水里无力地游动着，并顺着手电筒的光束仰望着头上的玛丽尔达。玛丽尔达有些惊讶，因为她从前只是听说过粉色河豚，但却从没有看见过。但是看着河豚微微张开的嘴和求助的目光，玛丽尔达想到了它们是在向她讨食物。一定是因为饥饿，它们才到餐馆下面的水域来的。玛丽尔达想到餐厅里还剩下几条没有卖掉的鱼，她急忙拿出来，扔给河豚，果然，河豚马上将鱼都吃光了。然后，它们又看了看玛丽尔达，便消失在河面上。

玛丽尔达没有想到，几天以后的一个傍晚，两只河豚又来了。玛丽尔达又像从前一样，扔给它们一些卖剩下的鱼。从此以后，这两只河豚每隔几天便会来这里。而喂养河豚，也成了玛丽尔达的一项工作。她感觉到，自己和河豚已经成了好朋友。

几个月以后，亚马孙河流域下起了大暴雨，洪水开始泛滥，玛丽尔达被迫撤退到河边的高地上，她眼看着自己赖以生存的水上餐馆和全部家当被洪水冲走却无可奈何，而那两只河豚，在大洪水后再也没有出现。水灾过后，玛丽尔达开始准备重建餐馆，但一无所有的她再也无能为力了，她只是在原址上搭建了一个简易的小屋，过着困苦的生活。那是一年以后的一天傍晚，玛丽尔达又听到了熟悉的水花声。玛丽尔达一阵惊喜，她知道是河豚回来了。接下来，她看到了惊奇的一幕，两头河豚后面的水里，粉红色一片。"天哪，那是十几头河豚！"玛丽尔达明白了，两头河豚带着繁衍的后代回来了。

从这天开始，河豚们再也没离开玛丽尔达。虽然自己一贫如洗，但是看到这些欢快的河豚，玛丽尔达每天生活得都很快乐，她感到很满足。粉色河豚，在亚马孙河上是很少见的，有关粉色河豚的美丽传说和故事，总是吸引着世界各地的游客来亚玛逊河上。就这样，玛丽尔达与她的那些粉色河豚渐渐成了亚马逊河边的一景。游客们在经过新艾郎镇时，都会到玛丽尔达的小屋来看河豚，拍河豚。这里，玛丽尔达的小屋，成了一个旅游景点。玛丽尔达用门票所得，精心地喂养着这些河豚。如今，一些科学家、动物学家和动物保护组织也纷纷来到这里做研究。巴西政府还出资将玛丽尔达小屋附近的水域划为河豚保护区，请她照顾这个河豚种群。

善良的玛丽尔达在喂养两头河豚时，从来没有想过，自己在某一天会得到它们的回报。但我们却不得不相信，幸福和快乐，总是属于那些乐于付出、不思回报的人。

第三辑

深情·呵护

一直以来，我们从来没有把一群鸟、一棵老树、几只小小的蜗牛上升到生命高度，来把它们和我们相提并论，加以尊重。

事实上，它们一直是与我们共同存在的生命。不同的生命，因为能平等共存、互相尊重而和谐，而欣欣向荣、生生不息。

不可逾越之爱

加拿大西海岸，有一片被称之为努卡峡湾的岩礁海区。这里风景如画：群山拱卫着一湾碧水，海面上大多数时候风平浪静；下雨的时候，岸边的山峦就如同中国水墨画般雾气升腾；而在晴朗的清晨，天边则释放出万丈的霞光。

岸上的金河镇里，除了普通的加拿大人，还居住着印第安原住民。几百年来，人们在这里以伐木和打鱼为生，日子过得宁静而美好。直到2006年的夏天，这里的宁静被打破。那是一头与家人离散的两岁的小逆戟鲸，闯入了这片海域。

小逆戟鲸每天在海湾里游来游去，并不时发出孤独的叫喊声。而每当有船经过，小逆戟鲸都会主动靠近，做出一些令人不可思议的友好动作。它会在水里打滚，或调皮地用头拱动船舷，然后，用天真无邪的眼神与人们对视。它的聪明令人惊叹，它甚至善于观察人，能看懂人的表情，令任何人都没有理由不喜欢它。人们接近它，陪它在海上玩耍、嬉戏，并常常用手去抚摸它光滑的皮肤，并为它取了一个好听的名字：鲁拉。

当地的土著人更为鲁拉的到来而感到欣喜。因为族里的老族长在一年前逝世时，曾留下遗言说："未来的一天，我将变成一只逆戟鲸回到这里。"于是，他们常常载歌载舞，为这神奇而尊贵的客人祈福。

小鲸鱼鲁拉与人类成为朋友的故事，引起了加拿大女生物学家托妮的关注。托妮多年的研究表明，海豚、鲸鱼等动物与人类交往越多、越密切，就越有可能受到伤害。为了保护鲁拉，她向加拿大国家海洋渔业管理部门提出自己的担忧，建议应禁止人类与鲁拉接触。这一建议被采纳，接下来，相关部门派出许多工作人员来到努卡峡湾，他们劝解人们，为了鲁拉的安全，不要再和鲁拉接触嬉戏。这让那些深爱鲁拉的人们难以接受。无奈，政府出台了一个法规，规定任何人不许与鲁拉接触；否则，最高可处罚金十万加元。

每当再有人想伸手抚摸鲁拉时，就会有工作人员提醒，用手触摸鲸鱼是违法的。规定改变了努卡峡湾的气氛。一名女子因为抚摸鲁拉，被警察带到法庭。在法庭上，她被指控犯了骚扰鲸鱼罪，将面临十万加元的罚款，最后，因为原告鲁拉"无法出庭"，她被判罚了一百加元。为了能彻底阻止人们与鲁拉接触，政府的法规又重新修订，规定了居民们不允许与鲁拉有任何交流，包括用眼神交流，也是严重违法的。

这让那些想接近鲁拉的人，一下子陷入了进退两难的局面，是继续给它关爱，还是服从法律，从此远离他，重新筑起那道人与鲁拉的壁垒。但最终是感性压倒了一切，人们继续不顾一切地与鲁拉保持接触。这令生物学家托妮感到担心，她认为，保护鲁拉最好的办法，是把它送到真正远离人迹的大海里。海洋渔业部门决定捉捕鲁拉，然后把它放归大海。

捕捉鲁拉那天，努卡峡湾沸腾了，人们认为鲁拉是上帝恩赐的礼物，而政府却要把它赶走，这是残忍的、不公平的。特别是当地部落里的原住民，他们认为鲁拉是老族长的灵魂的化身，绝不能被赶走。于是，他们划着传统独木舟，唱着原始古老的歌，来阻挠政府的抓捕行动。

人道主义的关爱本能，科学理性的不同判断，用心良苦的法律规定，以及宗教信仰的情感寄托，这几种因素在小鲸鱼鲁拉的问题上，形成了尖锐对立的不同势力。

而最终，抓捕鲁拉的计划以失败结束，人们的感性之爱重新占领了努卡峡湾，鲁拉又得以继续生活在这里，与爱它的人们亲密如昔。

但是，这个人与鲸鱼的童话并没有因为情节中的浓浓爱意而圆满结束。因为不久以后，鲁拉在海湾中追逐嬉戏时，钻到了一艘货船下面，它死在了爱它的人类的螺旋桨之下。

鲸鱼鲁拉的故事是个悲剧，而这个悲剧的源头却是爱。爱是美好的，当它适度时；爱也是可怕的，当它泛滥无度时。人与人之间，人与动物之间，都应有一道让亲密有间、让爱存敬畏的无形界限，任何时候都不要逾越它，否则再动人的故事也会是悲剧。

断翅王蝶的飞翔奇迹

　　美洲王蝶是一种色彩艳丽斑斓的美丽蝴蝶。为躲避加拿大和美国的冬季严寒，数以亿计的王蝶每年都要南迁到墨西哥的温暖森林里繁衍生息。在超过五千公里的迁徙路上，处处都潜藏着凶险：崇山峻岭间的风霜严寒，大海上的狂风暴雨，沙漠中的烈日干旱……一双健壮有力的翅膀，是每一只王蝶穿越艰难险阻的生命之帆。

　　2008 年 11 月，墨西哥昆虫学家梅里在对美洲王蝶进行研究时，偶然发现了一只奇特的王蝶：它的翅膀本来已经折断了，却被人为修复过。此举让这只本来会夭折在飞行路上的蝴蝶，能够奇迹般地飞到了墨西哥。而王蝶的数量是要以亿计的，是谁拯救了这亿万大军中的一只弱小的生命？这将是一个令人惊叹的谜。

　　梅里把自己发现这只王蝶的经过，命名为"一只美洲王蝶的飞翔奇迹"发在了互联网上。他没有想到，一个星期以后，自己竟收到了一个叫勃兰特的美国人的回复。勃兰特的叙述揭开了这只王蝶的飞翔奇迹。

　　2008 年 10 中旬，勃兰特在骑自行车的途中偶然发现路边有一只飞不动的蝴蝶。这引起了他的好奇心，当他凑近蝴蝶时，才发现它的翅膀已经折断，再也无法飞行了。勃兰特顿生怜爱之心，他决定要帮助它重新飞起来。勃兰特把它装进一个空水壶里，带回家后用腐烂的梨和自制的稀释蜂蜜细心地喂养它。几天以后，这个蝴蝶的体力得到恢复，但却因为翅膀破损，依然无法飞翔。

　　如何能让断翅的蝴蝶重新飞起来，成了一个难题。他不得已，在网上进行求助，没想到，佛罗里达州的一家美洲王蝶基金会听说这件事后，立刻向勃兰特提供了一个长约九分钟的视频，这个视频详细演示了修补蝴蝶破损翅膀的方法和过程。

　　勃兰特成功地修复了蝴蝶的翅膀，它已经能在屋子里自由飞舞了，当他要将蝴蝶放飞时，天气却变得很冷了，它会被冻死。如何能让蝴蝶到南方去越冬，这又成了勃兰特的一个难题。这时，一位蝴蝶专家打电话给勃兰特，可以托人把蝴蝶送往南方。

　　这让勃兰特看到了希望，他把蝴蝶装在一个鞋盒里，然后到高速公路边的一个卡车停靠站，寻找南行的卡车司机。

　　过路的司机们听到勃兰特的述说后，都希望能为这只蝴蝶尽一份力量。最终，他们联系到一位前往佛罗里达州的卡车司机，蝴蝶随卡车上路了。两天以后，这位司机终于追上了正在南迁的蝴蝶大军，他在佛罗里达放飞了蝴蝶，并打电话告诉勃兰特，他祝愿这只蝴蝶能和它的同伴一样，平安飞抵墨西哥。

　　救助和关心过这只蝴蝶的人们，不知道这只可爱的生灵能否平安飞抵墨西哥，但是他们都为它祝福着。而听说梅里在墨西哥发现了这只蝴蝶时，他们都很激动，每个人都认为这是一个生命的奇迹。而听到这个救助故事的梅里，更是惊叹不已，他认为，创造了这只蝴蝶飞翔奇迹的，除了它自己的努力，更有无数人的爱心，爱是最强健的翅膀。

花儿也会害怕

　　松花江边生有一种奇异的白丁香。常见的丁香都是粉红或紫红颜色，且庸香刺鼻，只需几日便花残香殒，而白丁香则花开如雪，香淡恒久，折一枝插在瓶里，仍能十几日活色生香。

　　白丁香绽放之时，恰逢每年五一假期之间。这几天，江边游人如织，大多是为了观赏白丁香而来。观赏之余，总有许多游人意犹未尽，偷偷折走绽放的花枝。结果，几天下来，所有的白丁香树都会遍体鳞伤，惨不忍睹。尽管园林管理者加强了看护，但仍未能使这些白丁香免于劫难。于是，前些年，每到五一节，便有了"丁香劫"。

　　就在这两年，令人奇怪的事情出现了。五一假期中间，当游人们再次来到江边观赏白丁香时，却看不到白丁香盛放的美丽景象了。游人们在丁香树下寻寻觅觅，却连花蕾也看不到半个，便只好失望而归。但是长假过后半月，当江边游人已经寥寥无几时，白丁香方便突然竞相怒放了。

白丁香为什么要推迟花期，这成了一个难解的谜。一些气象学家认为，近些年气候异常，是导致白丁香花期延后的原因，但该说法遭到了植物学家的否定，因为江边其他颜色的丁香的花期却没有一点变化，所以，气候说不成立。至于为什么，科学解释不了。

今年五一节，我到江边散步时，白丁香仍然没有开放。在丁香树下，碰到了一位戴着红袖标的老人，老人说自己在江边看护这些白丁香有二十几年了。当我们谈到白丁香花期变化之谜时，老人说："这无关植物学，也无关气候。道理是明摆着的，花儿们开得晚，是因为它们害怕那些作践自己的游人！"

看着我惊讶的神情，老人说："这些丁香是活生生的生命，它们也是有灵性的，推迟花期，是它们保护自己的无奈之举，你不相信？"

老人的话听起来有些玄虚，但我对此深信不疑，如果没有人类攀折，年年江边，这些花儿一定会如约绽放，正因为有无数的摧花辣手，于是花儿怕了，于是它们爽了约。

人性三分钟

　　2008 年 6 月 19 日上午，在奥地利的一条高速公路上，三只小鸭正摇摇摆摆地行走。

　　这条高速公路，横贯整个奥地利东西，是这个国家最重要的交通要道，所以，它被称为一号高速公路。每天，路上都有大量车辆来往。但是这个上午，在这条公路上行驶的司机们没有想到，他们遭遇了三只迷路的小鸭。三个小家伙是从奥地利西部城市萨尔茨堡机场附近误撞进来的。它们一字排开，亦步亦趋，在超车道上向维也纳方向行进。

　　许多司机都发现了它们，他们放慢了车速，尽量避让着这三个小家伙。但是，公路上的车实在是太多了，为了不让它们出现意外，司机们拨打了报警电话，请求警方支援。

　　接到报警后，警方没有丝毫犹豫，他们的决定是：一定要救出三只小鸭，并立即下令关闭了从萨尔茨堡通往维也纳方向的一侧公路。随后，公路巡警们赶到了现场，他们小心地驱赶着小鸭，直到它们穿过路面，钻过围栏，走进到公路边的树林里。

从接到报警电话，到三只小鸭进入安全地带，这条最重要的高速公路被关闭了整整三分钟。而这项特殊的救援行动，一度造成了交通堵塞，数万辆汽车被迫滞留在公路上。但是，没有一个司机为此抱怨，也没有人批评警方的这种小题大做。

相反，奥地利国民在事后对小鸭事件的评价是：这个上午，我们用三分钟的时间，接受了一次温馨的人性教育。

每当身边的生命处于生死攸关的状态时，我们每一个人就会立刻懂得了爱，懂得了尊重，并变得通情达理起来。或许，这说明了每个人身上都潜藏着人性之美。

小鸟·蜗牛·银杏树

　　英国首都伦敦西部，是一个经济发展迅速的地区，被称为"英国的加利福尼亚"。在这一区域里，有一片七百七十六平方公里的空闲土地。由于这里是是英国住房需求最强劲的地区，无数房地产开发商都看好这里，并向伦敦市政府提出建房申请。为了缓解城市住房压力，当地政府计划在这里建造二万间房屋。

　　但就在开工前不久，事情却发生了转折：伦敦市政府突然宣布，取消所有的建房计划。政府的朝令夕改令开发商们很恼火，他们要求得到一个合理的解释，而政府的回答是：我们应该尊重在这里栖息的鸟类。

　　原来，当地政府在开发前期的调查中发现，在这个区域里，分布着大量的石楠树和其他植物，丰富的物种，非常适合鸟类栖息和繁衍。刺嘴莺、森林云雀和夜莺等多种鸟类在这里筑巢生活。而人类一旦在这里建造房子，将会使当地生态迅速恶化，鸟类的生存将受到威胁。

为了不破坏小鸟儿们的生活环境，政府决定放弃建房计划，为鸟让路。

与英国小鸟同样被尊重的还有新西兰的蜗牛。

索里德公司是新西兰的一家能源公司，公司在新西兰南岛的斯托克顿煤矿采煤。有一天，矿工在采煤过程中意外发现了一种稀有蜗牛，他们立即停止工作，把这一情况报告了公司。公司得到消息后，立刻为此事召开紧急会议，并最终决定：停止在那一区域作业。为了不打扰这些蜗牛，索里德公司绕开了蜗牛的生存地，选择另一个方向掘进，这使工期耽误了十九个月，公司的成本支出一下子增长了八百九十七万美元。

许多人都认为，索里德公司为了几只小小的蜗牛，造成这么大的损失是不值得的。但他们的回答是：损失再大也不能将原因归咎给蜗牛，因为它们原本就生存在那里。

就在不久前，韩国首尔政府斥资四十亿韩元，来拆除市内的两栋公寓大楼。事实上，这两栋公寓地处人口拥挤的市中心，一直容纳着几千户城市居民。但是，政府在征得居民同意后，还是拆除了大楼。原因只为这两幢楼的地基妨碍了一棵银杏树根系的生长。

这棵银杏树在这里已经生长了八百四十年，后来，人们在这里仓促地盖起了高楼，没有料到，这两幢高大的建筑使银杏树的健康开始受到干扰和损害，以至生命岌岌可危。在这种状况下，当地政府和居民没有犹豫，选择了拆楼保树。用他们的话说，楼拆了，可以在别处再盖起来，但这棵老树的生命只有一次。

一直以来，我们从来没有把一群鸟、一棵老树、几只小小的蜗牛上升到生命高度，来把它们和我们相提并论，加以尊重。事实上，它们一直是与我们共同存在的生命。不同的生命，因为能平等共存、互相尊重而和谐，而欣欣向荣、生生不息。

我们人类一直都如同不懂事的孩子：喜欢肆无忌惮地冒犯"别人"，伤害"别人"。结果，在这种无知的冒犯与伤害中，我们自己也会伤痕累累。也许，只有当我们懂得平等尊重其他生命时，我们才真正成熟了。

感谢一只
流浪猫

这是一个飘着雪花的黄昏，我站在阳台向楼下俯瞰，一个人与猫的故事在街上上演。楼下有一个公交车站点，有大约七八个人正在焦灼地等车。而在距人群不远处，一只流浪猫在寒冷中徘徊着、嘶叫着，它显然无助到了极点。最后，它向等车的人群走去，也许，在它看来，在这冰天雪地的钢筋水泥世界里，只有不远处的人类才是自己最可依赖的吧。

猫钻进了人群，人群开始骚动。一个年轻女人一声尖叫，她身边的男人开始用力踢那只猫。猫挣扎着再次钻进人群，人们开始不停地躲着它、避着它。猫的希冀一个个都破灭了，它只好依旧无奈地趴伏在离人群不远的雪地上悲伤地哀叫。这时，我看到一个推着垃圾车的清洁工走过来了。这是一个年过五旬的妇人，她显然发现了那只流浪猫，就俯下身子轻轻地把她抱在怀里，猫就不再叫了，乖乖地偎着她，并用舌头舔着她的手。妇人用手拭去它干涩凌乱毛皮上沾满的灰土，然后脱下外面的褂子，把猫严实地裹在里面，放在马路边一个避风的墙角里，然后离开了。人群中所有的人都看着这一切，肃静无声。

几十秒后，事情出现了令人想不到的逆转。其中一个男人把新买的电饭锅从纸箱中拿出来，他拿着空纸箱，走到那个墙角，把猫放在了空纸箱里；接着，有两个小学生从人群中走出来，他们从书包里拿出几包小食品，撕开包装，放到了那个纸箱里；还有两个男人走到纸箱旁边，他们好像在商量着什么，然后，一个男人拿出手机开始打着电话；公交车开过来了，开始尖叫的那个女人突然着急地与她身边的男人耳语着什么，最后，她跑过去抱起那个纸箱，和男人上车离开了。本以为事情就此结束了。

就在这时，我看到那个清洁工人又神色焦急地回来了，她来到原来放猫的地方驻足了很久，才推着车离去。

流浪猫应该感恩所有刚才救助过它的人，但是换个角度想，那些动了恻隐之心的人，他们更应该感谢那只流浪猫，是它，救活了他们即将枯死的心灵。

每一个生命
都值得敬畏

一只甲虫正在墙壁上逶迤而行。宽阔的墙壁与微小的甲虫，形成巨大的反差，这让人联想到一个人独自跋涉在广袤无垠的荒漠中。

对于甲虫而言，光滑的墙壁比荒漠更可怕，每当甲虫辛辛苦苦爬到一定高度，它总会因为一个小小的失误而滑落到起点。可是，它却没有掉转方向，而是选择再次向上，过不多久，它又会摔到起点，于是，它不得不再次从零开始。

几次失败后，甲虫终于适应了光滑的墙壁，不会再滑落下来。但是新的问题马上又出现了。当它爬出一段距离后，就在漫无际涯的墙面上迷失了方向，就像行人在沙漠里不断地兜着圈子，最终又回到了原点。

令人惊奇的是，这个小生命并没有就此放弃，它开始重新爬出去，这次画的圆圈虽然大一些，但它仍然逃不了重回原点的结局。于是，它就再一次出发，出发。我用整整一上午的时间来观察它，它一直没能爬出那面墙壁，但它却乐此不疲，它一刻也不曾停止和放弃过向上爬行。

小小的甲虫，用无数次失败的轨迹，在那面墙上写下了两个字：生命。

偶然发现一株小花，它扎根在一级台阶的石缝里。不仔细观察，谁也不会发现这个弱小的生命。这是我见过的最小的花，火柴杆一般高的茎，细若蚊足，支撑着淡黄色的花朵。它是如此纤弱，在我看来，怕是一点微风就会把它吹斜，一滴雨水都会将其击倒。这级台阶，对于它来说，成了遮风挡雨的靠山。

之后的一个夜晚，一场暴风雨突袭了这座城市，那夜我失眠了，因为我一直想着那株小花。风太急，雨太骤，而它太弱小，风雨飘摇中的小花，其最终的结局怕是零落成泥碾作尘了。我感叹它生长在那级台阶上，无法逃避这宿命之劫。

第二天早晨，我起床后做的第一件事就是迫不及待地去察看那株小花。结果，我发现自己是杞人忧天了：小花没有倒下，它依旧挺立着，而经过风雨的洗礼，它愈显生机盎然了。

那天，我注视它很久，竟不能把它当成弱小的植物，因为我感觉到了一种力量。

墙上的一只甲虫，石缝间的一株小花，它们微弱琐碎，轻如草芥，以至很难会引起我们的注意，但是，它们也是生命的一种，生命应该没有大小之分、强弱之别。能不屈于环境，能快乐地生存，它们就是伟大的，值得敬畏的。

不守规则的后果

一

一位画家到西双版纳的丛林里写生时，面前突然窜出一只华南虎，当时，老虎与他相距只有一米，以至于老虎有几根胡须他都能数得出来。那一刻，画家屏住呼吸，就那样与老虎对视着，他以为自己注定要成为老虎的美餐了。但令他想不到的是，老虎看了他一会儿，竟然掉头走开了，画家虎口余生。凭着真切的记忆，他立刻把那只老虎摹画下来。

回到驻地后，他把这段惊险经历告诉了寨子里的人。当一位老猎人看了他画的那只老虎后，告诉他说："你碰到的是一只吃饱的老虎。老虎虽然凶猛，但它们遵循一个规则：只要吃饱了肚子，它就不会去伤害其他的动物。"

老猎人告诉画家，从前，猎人们利用老虎这一脾气，在老虎经常出没的地方投放牲畜，然后乘老虎吃饱后不伤人的时候把它们杀死，这样没多久，当地的华南虎就几乎绝迹了。

二

峨眉山特产一种蝴蝶，它比所有蝴蝶都美丽，为了伪装自己躲避敌害，它们常常把两翅一合，扮成一片干枯的树叶。所以，人们叫它枯叶蝴蝶。

枯叶蝴蝶是蝶类中最独特的品种，因此它成为国内外昆虫标本收藏家们的宠爱，他们纷纷出高价收购这种蝴蝶，但捕捉者很难找到这个伪装高手。后来，人们终于发现了枯叶蝴蝶的一个规矩：每年立秋那一天，它们都要在流水的溪边进行一次别开生面的聚会，然后散去。于是，人们在这天找到山中有水的地方，就可以捕到它们。后来，当国家禁止捕捉枯叶蝴蝶时，它们已经灭绝了。

……

所有的动物，能够代代繁衍，共生共荣，是因为它们都遵守自己的生存规则，但是，聪明的人类发现这些规则后，不是去学习这些美好的规则来完善自身，相反，他们把这些规则看成动物的死穴和"七寸"来灭绝它们。

照这样的趋势发展下去，用不了多久，除了人类之外的所有动物必将消失在这个星球上，而不守规则的人类那时会变成什么样子呢？

一位哲人说：当所有挡在你身边的同伴都被你打倒后，你自己就裸露出来了。

树上的接力

　　2006 年秋季，美国加利福尼亚大学准备砍伐校园附近的一片橡树林，然后花费一亿两千五百万美元在这里建造一座体育馆。

　　没想到，这个消息发布以后，竟引起了轩然大波：许多人不约而同地赶往橡树林，开展了一场护树行动。

　　为了抵制校方的砍树计划，人们集中在树林里，表明与橡树林同在的决心。当地警方曾试图驱散这些护树人，于是人们干脆爬到树上去。一些老人和孩子，限于体力，每天只在树上停留几个小时，而一些青壮年人，则用绳索和木板在树上搭起简易的床铺，在树上坚守几天甚至几个星期。为了支持树上的同志，树下的守护者们还组织起来，用桶装满食物、淡水和书刊给树上的人运送补给；树上的人再把生活垃圾装进桶里，送下来。一些人在树上住得疲劳了，就有另一批人自告奋勇地上去，以树为家。为了保护橡树林，人们展开了一场护树接力。

为了断绝护树人的"粮草"，加利福尼亚大学想尽了办法，在树林外建造了护栏，并砍去了橡树长得较低的树枝。但是，这些措施都没能阻断护树人的补给线。护树的接力一直在传递着，护树人一直牢牢坚守着橡树上的阵地。

冬天来临了，校方开始以逸待劳。他们乐观地认为，严寒一定可以帮他们驱走这些护树人，那时他们就可以乘机伐树了。但事实是，老天也不能动摇这些护树人的意志。他们依然住在树上。并且，护树者的故事传遍了整个美国，全国各地的环保主义者纷纷赶到加州，加入护树者的行列，这使护树的队伍和声势越来越大。

校方眼看伐树的难度在增加，便将这些护树人起诉到法院。法院认为，加利福尼亚大学可以在权限范围内驱赶这些护树人，但是却没有权利伤害任何一个护树人。这样，如何合理合法地赶走居住在树上的人，成为困扰校方的一个难题。

面对校方的起诉，护树者们也向法院提起诉讼，称加利福尼亚大学砍树建体育场是破坏环境的行为，应该予以制止。

面对这些护树者，法院也无可奈何，只得宣布：在事情没有妥善解决前，校方不能砍一棵树。

在护树者的努力下，校方的开工计划搁浅了，因为他们对这些执著的护树人没有办法。而橡树林里却很热闹，树上树下都是歌声，人们为自己保住了一片树林而欢呼。

查维斯的半小时

2007 年 9 月，南美洲国家委内瑞拉突然更改了时区，把本国的时间调慢了半个小时。

虽然是半小时，却引起了巨大的争议，因为时间变动，给这个国家带来了很大的影响。首当其冲的是金融业，为了适应新时间，银行和证券公司不得不召集程序员重新编写电脑软件程序。推迟半小时营业，一些商店的营业额会受到极大冲击。而一些政府部门的工作人员则要学会适应新的作息时间……许多人对调整时间感到莫名其妙时，全国的中小学生们却兴奋不已。

改时间以前，按照委内瑞拉学校的作息时间，中小学生每天天不亮，就要起床去上学。特别是许多居住在偏远地方的孩子，为了上学，更是要起大早，摸着黑赶往学校，孩子们很少能看到早晨的太阳。

有一个异想天开的孩子，给委内瑞拉总统查韦斯写了一封信，他在信中说，因为每天要起大早去上学，所以已经有很久没有看到早晨的太阳了。孩子说自己最大的梦想就是能让早晨的时间停下半小时，这样，就可以每个早晨都能迎着太阳去上学了。但他说这个梦想是个难题，也许只有总统才能帮助自己实现它。

孩子的来信，深深打动了查韦斯总统，他亲自组织工作组，对全国的中小学校进行了调查，结论证明了那个孩子的说法，大多数孩子不但看不到早晨的太阳，还因为睡眠不足而影响了身体健康和功课。

这让查韦斯做出决定：全国时间调慢半个小时。这个决定，令许多人感到震惊，有人说这是查韦斯的一时心血来潮，还有人干脆说他疯了。

"我不介意别人说我发疯了，新时制将实行下去。"这位总统在电视节目上说，"这半个小时，就可以让孩子们能够在天亮以后起床，而不是在日出之前就得爬起来去上学了。"

孩子是国家的未来，一个国家懂得为他们做出让步，才会是一个充满生机和希望的国家。

孩子应该抢救什么

看电视台少儿频道的一个电视节目，颇有感触。在一个环节里，主持人给四个参加比赛的小朋友出了一道题：假如家里发生火灾，你只有抢救出一件东西的时间，你会选择什么？

第一个孩子说：家里的小狗；第二个孩子说，是妈妈的金项链；第三个孩子说，是自己的游戏机；第四个孩子说，是家里最贵重的东西。

回答结束后，主持人让评委给四个孩子的答案打分。看到这里，我认为第一名非那个抢救小狗的孩子莫属，因为他太有爱心了。而抢救游戏机的孩子在危急时刻还忘不了玩，太不懂事了，应排最后一名。

评选结果出来后，却出乎我的意料，获得最高分的，竟是那个抢出游戏机的孩子。现场观众一阵唏嘘，主持人也很意外，她请教评委，为什么要选择这个孩子。

这位评委当场讲述了一个故事。美国加州发生森林大火后，有近百万居民开始大撤离。灾民们在逃离家园前的最后一刻，努力从火海中抢救出自己认为最重要的东西。

大火过后，一个机构调查了包括两个孩子在内的十位灾民，看看在危急关头，他们认为最重要的东西是什么。结果是：大人们抢救出的，几乎都是金银首饰等贵重物品，而两个孩子在匆忙撤离之际，抢救出的却都是一台游戏机。

评委说，按照我们的习惯理念，这种在家破人亡之际还对游戏机念念不忘的孩子是多么不懂事，多么不可原谅，很多父母在事后一定会训斥孩子，或告诉孩子以后遇事如何像大人那样去选择。但事实上，这两个美国孩子抢救游戏机的新闻播出后，所有的美国父母都理解和赞扬了他们。他们说："爱玩是孩子的天性，即使是灾难，也不应剥夺这种天性。"

评委最后说，孩子在危难之时抢救出游戏机，完全是出于一种纯洁无邪的童真，这是最符合他们年龄的举动，所以应该得到最高分。

一个孩子对社会的最大贡献，应该就是能够玩好，也许，他们抢救出的，不仅仅是一台游戏机，也是一个国家的希望和未来。

最昂贵的邮寄

2007 年 9 月，在挪威大选的前一天，挪威西部城市桑纳讷市的邮局迎来了顾客皮尔先生。皮尔的邮件很特殊，那是一张画好的选票，他委托邮局，将这张选票邮寄到八十公里外的一个小镇去。皮尔离开时特意嘱咐邮局的工作人员，请务必将选票在选举投票结束之前送到那个小镇。

邮局的员工按照皮尔的要求，马上寄出了选票。但是在选举当天的上午，邮局的接话员突然接到一个电话，电话来自另一个城镇的邮局，他们说收到了一张被误寄的选票。桑纳讷邮局的员工在认真核查后，才发现被寄错是皮尔先生的那张选票。

此时，小镇的选举已经开始了。如从错寄地邮局再邮寄那张选票，根本无法按时送到。

　　邮局员工将这件事报告了局长，局长立刻召集所有员工一起想办法。员工们都认为，这件事很严重，因为它涉及了邮局的信誉问题。虽然挪威的法律没有规定，邮局的邮寄工作不许出现失误，但是选票不能如期寄到，顾客皮尔先生就将会失去他的选举权力，从此以后，他一定会对邮局的信用产生怀疑。情况万分紧急，究竟该如何补救？

　　局长最终决定，无论花费多大的代价，也要把顾客的邮件准时送到。紧接着，桑纳讷市邮局向一家快递公司求助，快递公司马上向一家民用航空公司租用了一架直升机。直升机载着那张选票，快速地飞向了目的地。在距离计票截止时间还有二十五分钟时，直升机终于到达小镇的选举现场。听到皮尔先生的选票被准时投进了票箱里，邮局的所有工作人员才松了一口气。

　　为了这张小小的选票，桑纳讷市邮局向快递公司支付了包机费等各项费用总计三千美元，而这张选票，也成了邮递史上邮寄成本最昂贵的邮件。

　　包专机运送一张选票，这到底值不值得？桑纳讷市邮局的做法引起了争议，对此，这家邮局的发言人是这样认为的："无论花费多大的代价，也要把顾客的邮件准时寄到，这是我们邮局的责任和义务！"

五十次拯救

英国有一位名叫埃米的妇女，她一直迷恋于跳海自杀。从2002年开始，埃米先后五十次在英国多处海岸试图投海自杀。但都被及时发现，并成功营救。

据英国海岸警卫局统计，政府为了拯救这名妇女而支付的紧急救援费用已经高达一百万英镑。而参与拯救埃米行动的部门不但包括了警察、海岸警卫队，还有空军和海军。在救援过程中，动用了救生艇和救援直升机等先进设备。

在2003年的一次救援埃米的行动中，一名叫西蒙的警察甚至解开了安全带，冒着生命危险游到距离海岸二百七十多米的大海中，才将埃米救上岸来。

鉴于埃米的频繁自杀行为给国家人力、物力和财力带来的巨大负担，英国政府对埃米下达了反社会行为令，禁止她再次接近英国沿海及海滩。但是，埃米对政府的警告置若罔闻，在 2007 年 6 月里，她又三次投海自杀，但都被警方及时救起，空运到附近医院抢救过来。

在万般无奈的情况下，英国警方只好向法院对埃米提起诉讼，希望法律能够对她做出更多限制。

一名检察官在对埃米的调查中发现，埃米在每次自杀前总是设法让别人知道，特别是要故意泄露给警方和救援人员。这证明埃米不是真的想自杀，而是在有意戏弄警方，和警方玩精心设计好的猫鼠游戏。

在法庭上，警方的代表也承认，埃米多次自杀未遂后，他们也觉察到了埃米可能并不会真的自杀，但是，他们又不能不去救助她，从某种程度上说，警方是被这名女子戏耍了五十次。

听了这名警官的话，检察官很惊讶，他开始质问这名警官，警方知道她可能不会自杀，却为什么还要不断地劳民伤财来"救"她。

"虽然五十多次的救援不仅浪费了大量救援物资，而且还威胁到了救援人员的生命安全，可是她要再次自杀，我们还是要去救她，在生命与可能面前，我们别无选择，只能选择前者。"

这名警官说。

要孩子，不要神童

　　布提亚·辛格是印度的一个五岁男孩，虽然他年纪不小，却是全世界最年轻的马拉松选手。因为在他只有四岁半时，就完成了 42.195 公里马拉松跑，此举震惊了整个印度，人们称他为马拉松神童。

　　2007 年 6 月 6 日，五岁的布提亚开始了新的挑战：他打算用十天时间，从印度东部的布巴内斯瓦尔市跑到西部城市加尔各答。整个行程大约五百公里。起跑前，有许多支持布提亚的人，拉着横幅到起点给他打气。一些媒体也纷纷来到现场，采访这位长跑神童。

　　但就在此时，一件意想不到的事情出现了：大量警察封锁了布提亚的长跑线路。警方负责人解释说，他们接到政府的指令，严禁辛格参加这项马拉松活动。对此，主办方非常恼火，认为政府这样做会扼杀一个长跑神童，他们还准备向当地法院起诉政府这种非法干预行为。

但是，面对着辛格家长和教练的反对，面对着辛格的支持者的抗议，印度政府还是禁止了辛格的马拉松活动。

印度政府禁止的理由是：辛格只是一个五岁的孩子，而五百公里的路程，对他的体力和情绪都是一个负担，这很容易使他身体出现营养不良、贫血和心脏疾病。让一个孩子去尝试不属于他年龄的生活，这是一种极大的残忍。国家可以不要神童，但有责任保护一个孩子的生命健康。

要孩子，不要神童，这不仅是一句令人温暖而赞叹的回答，也是一个令许多人反思和检讨的问题。但有一点是可以肯定的：被当成孩子的孩子，是一个幸福的孩子；而把孩子当成孩子的国家，是一个充满希望的国家。

一万英镑的公牛

2008 年 6 月 30 日，英国康沃尔郡一头白色公牛不幸掉落到一处海边悬崖下的深谷里。

公牛被困的消息不胫而走，传遍了整个康沃尔郡，关心公牛命运的人们纷纷来到悬崖上。他们看到，悬崖下不甘被困的公牛正试图跳过岩石，但由于地势险要，它一直没有成功，人们眼看着辗转反侧的公牛，却帮不上一点忙，只好用绳子为它放下一些淡水和干草。

如何让这头公牛脱离险境，成了一个难题。有人提议用拖拉机来把它牵引上来，但马上遭到反对，因为这样做会使公牛变成岩石间的一堆牛肉。此时，海水正在慢慢上涨，公牛如继续困在崖下，就有被大海吞没、冲进大西洋的危险。

危难之时，康沃尔郡议会和防止虐待动物协会向英国皇家海军发出求救讯息，请求派出直升机来救公牛。按照规定，海空营救的主要任务是拯救人的生命。除此之外的空运行动将每小时收费三千英镑，营救这头公牛，需要进行三小时的飞行，这样，公牛的主人不得不花一万英镑雇直升机来营救这头公牛。这位农民是根本拿不出这么一大笔钱的。

此时，悬崖下的海水越涨越高，公牛的生命危在旦夕。关键时刻，英国防止虐待动物协会表示愿出这笔费用，请空军立刻展开营救。随后，营救活动展开。六分钟后，公牛被直升机带到了安全地带。

最终，英国国防部宣布放弃收取营救行动的一万英镑飞行费用。他们认为，这次营救活动不但是一次很有意义的训练，更彰显出对生命的重视，尽管这条生命只是一头公牛。

我们常常习惯从物质的角度来看问题，以此看来，用一万英镑的代价来换取一头公牛，这绝对是赔本的生意，因为两者价值的差距实在太悬殊了。但是，当我们从生命的角度来看这种交换，就会豁然开朗：无论是人，是牛，甚至是一只蚂蚁，生命永远都是神圣的、无价的，从尊重和热爱生命的意义上讲，付出多少都是值得的。

吴哥窟与树的战争

柬埔寨的热带雨林深处，隐藏着一群神秘的古老寺庙，它们被称为吴哥窟。

吴哥窟在吴哥王朝崩溃后被埋没在荒野之中四百多年，全世界都遗忘了它的存在。直到 1860 年，法国博物学家欧姆在密林中探索时，发现了它们，吴哥窟才得以重见天日。

但是人们很快发现，熬过历史沧桑、战火摧残的吴哥窟，正在卷入另一场可怕的纠缠之中。

许多寺庙都被古树缠绕着，巨大的热带树木用巨蟒一样的根系紧紧地缠绕着庙墙寺塔，有些古树骑跨在围墙上，盘根错节，蜿蜒攀附。墙体与古树一起倾斜、崩裂，看似摇摇欲坠，却又勾连锁系，形成一种微妙特殊的共生关系。但是，随着树木的不断生长，在不久的将来，这些寺庙将会被挤压得坍塌成一堆堆石块。

为了保护这些珍贵的世界遗产，世界许多国家都派出文物修复专家抢救吴哥窟。但是树木与建筑既相互依存又相互威胁的现状，让这些想保存吴哥窟荣耀的专家们备感棘手：如果要清理掉建筑中的树木，寺庙就会倒塌，因为树木的根茎是维系吴哥窟多处断壁残垣的唯一凭借。如果不清理这些树木，照此发展下去，树木的生长会不断挤压早已摇摇欲坠的脆弱建筑，用不了多久，它们就会摧毁这座千年古迹。

文物专家们没有办法改变这些寺庙的现状，而只能修剪一下这些树木。但有一点可以肯定，无论人类怎么做，吴哥窟终会倒下，而它们的位置将会被树木取代。无法改变的残酷现实，令为这些艺术瑰宝心醉的人心碎。

如果将时光倒退到一千多年前，我们将会看到另一番难忘的画面。这里没有建筑，因为这是南亚最大的一片热带雨林，各种树木葱茏茂密，生机勃勃，竞相生长，构建着一片宁静而和谐的绿色王国。直到有一天，人类的足迹出现在这里，他们用刀斧，用火，蛮横地将一棵棵大树砍倒、烧死，最终，一片片森林被烧成灰烬，夷为平地。然后，许多巨石被从别处运来，在上百年的时间里，一座又一座寺庙在森林的心脏地带挺起。最终，一座座令人叹为观止的世界奇迹产生了。

建筑者们不曾想到，那些被砍倒的树木并没有屈服于人类的屠刀烈火，它们将屈辱与愤怒的根须深深埋在地下，等待机会破土而出，收复自己的家园。接下来，在一场关于时间和耐力的比拼中，人类的文明开始屈服于自然。吴哥王朝覆灭后，吴哥窟被遗弃，树木的进攻由此拉开了序幕，一点点的蚕食和瓦解，让这些"占领者"崩塌，破碎，走向毁灭。

先进的科技，精湛的工艺，只能暂时延缓吴哥窟衰败的速度，在强大的自然力量面前，谁也挽救不了它们。

吴哥窟与树的故事，告诉人类如何与自然相处：向自然进攻，与自然为敌，最终必会败给自然；只有顺应自然，与自然和谐共处，我们才会得享自然给予的润泽与馈赠。

让出一片海滩

美国加州圣迭戈市有一片环境优美的海滩，每到夏季，这里便成了市民们的天然浴场。但是，每年四月春暖花开之际，大量海豹便如同度假一般，从北太平洋的岛屿赶到圣迭戈市海滨。尽管孩子们非常喜欢这些海豹，但是出于安全考虑，人们不得不离开海滩。

于是，有人提议，赶走这些"可恶"的海豹，夺回海滩，维护人们休闲娱乐的权利。渐渐地，驱赶海豹的声音演变成一股汹汹民意。听到部分市民的呼声，再考虑到海滩的卫生状况和旅游效益，圣迭戈市政府制定出一个计划：在海滩上播放"狗叫"的录音来吓走这些海豹，重新占领海滩。但是，当圣迭戈市政府在将计划提交当地法院批准时，却遭到了拒绝。

加州州长施瓦辛格得知此事后，立刻表示自己反对圣迭戈市政府驱赶海豹的动机。他认为，在海滩上，人类与海豹不应该成为敌人，而应该是和谐共处的朋友。之后，他向州议会提出在海滩上建设海豹主题公园的计划，让出一片海滩给海豹，在人与海豹之间建设保护设施。这样，人类与海豹都有了休闲的空间，海豹不会妨碍人，人又可以近距离欣赏海豹，这个建议得到了加州议会的赞同。

如今，这片海滩上的孩子和游客比从前更多了，他们不单单是为了度假，更是冲着那些海豹来的。圣迭戈的市民没有想到，主动让出一片海滩，会换来另一道美丽风景。

渐渐远去的声音

　　每年夏天，都会有许多旅行者来到加拿大的阿昆岗国家公园，他们之所以选择这里，不是为了观赏风景，而是为了能听一听一种久违的声音——夏季的夜晚，在公园里露营的人，可以听到野狼嚎叫的声音。

　　野狼的嚎叫，那是一种什么样的声音？在这个时代，恐怕没有哪个孩子能回答得上来，对于他们来说，狼叫也许已是一种传说。

　　遥远的加拿大的狼嚎，让我想到，自然界中的许多声音，正在渐渐离我们远去，渐渐成为传说中的绝响。

　　也就是二十年前的事，在看连环画《水浒传》中武松打虎的画面时，便问身边的长辈们，老虎是怎样叫的。当时，很多人都能学得上来，因为他们在年少时，野外的老虎非常多，这让他们有幸听到过虎啸山林。听他们学虎叫时，我震撼，之后是怅然若失，因为自己永远也听不到原汁原味的老虎的叫声了。但我还是幸运的，因为那时乡村周围的狼是很多的，村边人家的家禽家畜被狼掠走的事件时有发生。"晚上把你扔出去喂狼"，如果哪个小孩子哭闹，大人们就会说这句话。仍清晰地记着，经常在夜里听到狼嚎的声音在村外隐约回荡，苍凉凄厉，当时很害怕，要用被子蒙住头。如今回味，那声音何等凄美，何其珍贵。

想一想，作为70后的一代，我们算是幸运的，不但有机会听到狼叫的声音，更有幸听到布谷鸟的叫声，蟋蟀的叫声，蜜蜂在花丛中流连时的嗡鸣，麻雀的叽叽喳喳……

如果以十年为界限，在过去的每一个十年中，都会有许多种动物从这个世界上永远消失。这让我们今后只能通过书本上的象声词来想象它们的声音了。也许在下一个十年里，我们就要为下一代人描述如今寻常可闻的一些声音了，那也许会是布谷鸟的声音，青蛙的声音，蜜蜂的声音……

每当想着那些渐渐消逝的声音，我总会感觉到莫名的恐慌，如果我们不懂得珍惜爱护生命，不久的将来，我们耳边剩下的，或许只有叹息的声音了。

阿根廷蚂蚁

阿根廷蚂蚁，最早只生活在南美洲，这种黑色蚂蚁虽然身长只有三毫米，却是蚂蚁中攻击性最强的。而阿根廷蚂蚁具有一个最大的特点就是它们的团队意识与合作精神。一般来说，不同蚁穴之间的蚂蚁常常要为争食物和领地发生战争，但不同蚁穴的阿根廷蚂蚁却可以结成"合作群体"，它们在相遇时从不打架，而是合并、合作，会聚成更大的群体。

攻击性强、团队精神加之庞大的群体，让阿根廷蚂蚁具有了无与伦比的生存竞争优势，在瞬间之内，它们就可以将其他种类的蚁群全部灭掉。为了寻找食物，阿根廷蚂蚁军团要不停地运动，在行军的路上，阿根廷蚂蚁会吃掉与之遭遇的各种昆虫、蚯蚓以及其他种类的蚂蚁。它们饿急了，甚至能爬到树上围攻刚孵出来的小鸟。

通过来往于南、北美洲的货船，阿根廷蚂蚁来到了北美大陆，并向内地一路蔓延。一路上，它们不仅消灭了所有的本地蚂蚁，并对当地的农作物产生了威胁。20 世纪 20 年代，欧洲国家开始从南美洲大量进口植物，没有想到，阿根廷蚂蚁竟然搭乘这些植物来到了欧洲，侵入了一些地中海气候的国家和地区。适宜的气候，让这些黑色的精灵大量繁衍生殖，并在不断地扩大领地，葡萄牙、法国、意大利，相继出现了庞大的阿根廷蚁群，阿根廷蚂蚁党同伐异的特性使这些地区的本土蚂蚁遭受了灭顶之灾，由于阿根廷蚂蚁的入侵，当地其他种类的蚂蚁百分之九十已经消失。

不久，庞大的阿根廷蚁群又登陆英国，致使英国本土的三十四种蚂蚁随之灭绝。2004 年，阿根廷蚂蚁出现在大洋洲的澳大利亚，而且令人吃惊的是，出现在这里的阿根廷蚂蚁竟然再次发生了异地变异，彻底没有了同类斗争的脾气，它们自发起来一致对外，显示出极大的攻击性和侵略性。

阿根廷蚂蚁的入侵，使世界各地的生物数量和多样性受到严重威胁。为了控制它们的数量，一些国家引入了蚂蚁中的杀手——火蚁与之相对抗，但是协同合作的阿根廷蚂蚁很快击溃了这些强悍的火蚁。于是，人们又开始使用杀虫剂、诱杀等办法对付它们，但是，由于阿根廷蚂蚁数量庞大，行动一致，紧密团结，以至各种手段在它们面前统统败下阵来。

为了控制泛滥成灾的阿根廷蚂蚁，美国加利福尼亚大学的生态进化生物学教授苏西对阿根廷、巴西和入侵美国加州的三十五个蚁穴的阿根廷蚂蚁进行了分析。苏西教授发现，这些阿根廷蚂蚁的外骨骼上都存在互相"识别"的化学物质，而正是因为存在于所有阿根廷蚂蚁身体上的化学物质相同，所以，它们才不排斥对方，反而亲密无间。而只要将这些化学物质稍微改变，就会使这些原本关系亲密的蚂蚁兄弟立刻反目成仇、自相残杀，使原本和平的蚁群爆发致命的内战。于是，人类终于找到了打败阿根廷蚂蚁的方法。

如今，世界各地的阿根廷蚂蚁已得到了有效控制，人们在欣喜之余也会不禁对这种小生灵感叹不已，因为团结合作，它们无往不胜、所向披靡，任何力量也无法摧毁；但是因为同类之间的自相残杀、相互争斗，它们一败涂地。可以这样说，人类永远也打败不了阿根廷蚂蚁，是它们自己打败了自己。

第四辑 怡情·睿智

生活中有许多事情都是如此，当我们向着既定的目标努力时，却总也无法抵达；这时候，就不妨让思维来一次转弯。有时，看似背离目标，实则更容易到达。

换一种方式

他是一位医生，特别喜欢洁净，这种洁净的习惯从医院延伸到家中和生活的每个角落。这天，他将家中的那扇大门粉刷一新，可很快他发现，大门上不知道被谁家淘气的孩子踢上去了很多小脚印，他只好将大门从新粉刷了一遍，很快，又被踢上去一些新的黑脚印。

经过观察，他发现，原来自己正在读小学的儿子每次进出大门时候都会踢上一脚，那些黑脚印都是儿子的杰作。他叫过儿子，告诉儿子以后不要用脚去踢大门，因为这不是一个好孩子应该做的。但是第二天，他发现他的话对儿子不起作用，他气愤地教训了儿子一顿，但儿子依然我行我素。

这天，他再一次粉刷一新的大门，又一次被儿子踢的黑脚印遍布，他又一次将儿子呵斥了一番，以至到达医院的时候，情绪还被儿子的淘气烦躁着。

　　他在给一名女患者打针时，女患者因为惊恐而大喊大叫。起初，他还能保持冷静，耐心地安慰对方，但女患者却叫得更厉害了。女患者的喊叫引爆了他心中的烦恼，他气愤地对尖叫不停的女患者说道："你叫吧，一直叫，等到打完了针再停下。"让他奇怪的是，听了他的话，女患者却停止了叫喊，平静了下来。

　　在接下来的行医中，每当他对大声喊叫的患者劝说不起作用时，他就尝试让患者喊叫，结果患者却都变得平静了。他不知道这是什么原因，但他却为发现这个屡试不爽的反向方法而欣慰。

　　这天，他下班后发现新粉刷的大门又被儿子踢出了很多黑脚印，一天的好心情突然就变坏，他愤怒地叫过儿子，刚要呵斥，突然想起自己为患者打针时的情景，心中一动，表情严肃地对儿子说道："孩子，交给你一个任务，你每天进入大门时一定要用脚踢几下大门，别忘了，如果我见不到门上有脚印的话，一定会惩罚你。"

　　奇迹出现了，他家中的那扇大门再没有出现过一个黑脚印。

　　他豁然开朗，很多问题就宛如开门，用尽力气去推怎么都推不开，轻轻一拉就敞开了。此后，他开始用这种逆向思维方式来教育儿子；后来，这位父亲成为历史上最伟大的生物学家的父亲，他的儿子名叫查理·达尔文。

顺风可以飞得更快，逆风可以飞得更高。一个方向行不通的时候，请尝试另一个方向，换一种方式，或许问题就会迎刃而解。

珍珠不只
在海里

　　南太平洋某个群岛附近有一个叫珍珠湾的海域，这里盛产美丽的珍珠，据说世界上最大最昂贵的珍珠，都出自这里。因此，从 19 世纪初开始，世界各地的采珠客蜂拥而来，贫穷的费尔便是这些采珠客中的一个。

　　当费尔来到珍珠湾后，并没有像其他人那样匆匆下海采珠，而是仔细观察着周围的一切。细心的费尔发现，采珠客在采珠时都需要戴上一种橡胶手套，以保护他们的手在工作时不会被锋利的蚌壳和礁石划伤。由于整日的割磨，手套两、三天就会磨破而被采珠客丢弃，所以，这种手套的需求量很大。但费尔发现，手套都是用船从遥远的墨西哥运来的，这使手套每副的零售价高达 1.2 美元。

　　费尔研究手套发现，这是用一种粗橡胶做成的，而附近到处是成片的天然橡胶林，可来这里的人把目光都投向了珍珠，没有人顾及有橡胶林的存在。

为什么不用这些天然橡胶制成手套卖给采珠人呢？两个月后，一个制作橡胶手套的简易作坊建立起来的，由于售价为一美元，比运来的便宜，所以，每天生产的有限的几百副手套相对于成千上万的采珠人出现了供不应求的局面。一年后，费尔靠卖手套成了百万富翁，当别人也看到手套的商机时，当地生产手套的橡胶原料却已被费尔全部控制了。因此，只要有珍珠存在，费尔的手套就会被卖出去，他就会继续赚更多的利润。

几年过去了，成千上万的采珠客成为富翁的人屈指可数，大多数的人与刚来到这里时一样贫困。而靠卖橡胶手套起家的费尔已成了当地的首富。

其实，费尔改变命运的秘密非常简单，当大多数人都在关注"珍珠"的时候，他却看到了珍珠以外的"橡胶林"。

一把小刀的力量

荷兰位于欧洲西北部，濒临北海。受洋流的影响，每到夏季，就有大批鲱鱼洄游到荷兰北部的沿海区域。

14世纪时，荷兰人口不到一百万，却有近二十万人从事捕鱼业。在当时，荷兰人每年可以从北海中捕获超过一千万公斤的鲱鱼，小小的鲱鱼为五分之一的荷兰人提供了生计，并成为荷兰人的经济支柱。

荷兰人不敢想象，没有了鲱鱼，生活会是什么样子。

但是，造物主并没有给荷兰人独享鲱鱼的权利，生活在北海边的其他民族也组织了捕捞鲱鱼的船队，以获得这种自然资源。鲱鱼的保鲜期只有几天，而当时还没有制冷设施，随着大量的鲱鱼涌入欧洲市场，荷兰人的鲱鱼开始滞销、腐烂。这让一些荷兰人一下陷入了贫穷的危机。为了减少其他国家的捕捞量，荷兰人和邻居苏格兰人爆发过三次战争，以争夺鲱鱼渔场。但战争非但没能改变荷兰人的命运，还加重了荷兰人的灾难。

威廉姆·伯克尔斯宗，是荷兰北部一个小渔村中的渔民，和很多荷兰人一样，威廉姆一直靠捕捞并出卖鲱鱼来养活妻子儿女。没有人购买鲱鱼，就意味着威廉姆一家无法生存下去。那些日子，威廉姆每天满脑子想的都是鲱鱼："市场上的鲱鱼太多，就不会好卖；鲱鱼不能快速卖掉，就会变质腐烂；鲱鱼烂掉，就会没有饭吃……"威廉姆在思考中，竟然一下子抓住了问题的关键：鲱鱼会腐烂。如果有一种方法能不让鲱鱼烂掉，那所有的难题就都会迎刃而解了！

这个念头让威廉姆兴奋不已。他开始寻找解决这个问题的方法。最终，威廉姆发明了一种特制的小刀，用这种小刀，一刀就可以除去一条鲱鱼的鱼肠，然后再把盐抹到鱼腹里，这样就解决了鲱鱼腐烂的问题。经过这样处理过的鲱鱼，可以保存一年多的时间不变质。在没有冰箱的时代，这种独特的方法让荷兰的鲱鱼在激烈竞争中脱颖而出，最终战胜对手，畅销到整个欧洲。

就是这样，荷兰渔民凭借一把小刀，将一种人人都可以染指的自然资源，转化为荷兰独占的资本。紧接着，借助畅销的鲱鱼，荷兰人开始了商旅生涯和海上贸易。到 17 世纪的时候，这个仅有一百五十万人口的国家不但成了整个世界的经济中心和最富庶的地区，还将自己的势力延伸到了地球上的每一个角落。当时，人们称荷兰为"海上第一强国"。

如今，在荷兰港口城市鹿特丹的市中心，仍矗立着威廉姆的塑像。细心的人会看到，威廉姆的手里拿着鲱鱼和一把小刀。这个塑像似乎在提醒人们：荷兰的发展和崛起，是从威廉姆的那把小刀开始的。

每当危机降临到头上，人们的表现总是方寸大乱，然后千方百计去寻觅一种能破解危机的利刃，却没想到，那柄利刃就藏在每个人自己的心里，它的名字叫智慧。

把阳光加入想象

美国青年罗尔斯从大学毕业后，开始为工作四处奔波，但很长一段时间后，罗尔斯并没有找到需要自己的职位。

不久，罗尔斯的朋友邀请他一起去夏威夷旅行。一天，沐浴在夏威夷海滩阳光下的罗尔斯注意到，很多在海滩上休闲的人在不停地用手机聊天。但是他发现这些人不一会儿就不得不顶着太阳跑回停车场。这是为什么呢？罗尔斯从游客的抱怨中找到了答案。"该死的手机又没电了！"手机突然断电，竟打断了一些游客的开心之旅，这引起了罗尔斯的思考。如果有一种能在海滩上充电的充电器，这个问题不就解决了吗？

罗尔斯极度痴迷太阳能，他曾在大学里设计制造过一辆太阳能自行车。此时，夏威夷海滨的阳光让他忽有所悟。为何不利用这取之不尽的太阳能呢？他突然有了设计一种便携式太阳能充电器的冲动。

　　带着这种设想，罗尔斯回到田纳西州的家中，而此时，他想法已臻成熟：专门为海滩日光浴者设计一种装在背包上的太阳能充电器。接下来，罗尔斯在网上购买了一款太阳能充电器并把它缝到了背包上。当他把这种太阳能背包拿到一个旅行网站上出售后，竟吸引了许多购买者。投石问路的成功，让罗尔斯开始放开手脚。2005 年，罗尔斯创立了"罗尔斯设计公司"，生产销售自己生产的"瑞特"牌太阳能背包。半年后，罗尔斯公司的产品竟在世界各地的沙滩上占有了一席之地，公司也因此盈利八万美元。紧接着，罗尔斯又开始设计一种能为笔记本电脑充电的背包。结果，这种产品面市后更受欢迎，世界各地的订单雪片般飞向罗尔斯的公司。这使罗尔斯每个月有近二万美元的收益。

　　谁也不敢相信，一个为找工作而发愁的大学生，两年后竟成为一个拥有自己公司的老板，但罗尔斯确实做到了。罗尔斯接受一个电视节目采访时说：从开始到现在，我都没有做什么，我只不过是把触手可及的阳光加入了想象。

让思维转弯

　　一位国王有洁癖，他最害怕自己的鞋底会沾上泥土，于是命令大臣，把整个国家的道路都用布覆盖上。大臣做了计算，把全国所有的路都覆盖所用的布，需要二十万个工匠不停地工作五十年，而全国的人口也不过五十万。大臣心急如焚，向国王痛陈利弊，说弄不好会亡国。国王一怒，将大臣处死了。另派一个大臣来办此事，结果这个大臣很容易就办妥了——他用布给国王做了一副鞋套。想一想，后一个大臣只不过是把自己的思维从路转到了国王的脚上，天大的难题就迎刃而解了。

　　我的小时候，住在内蒙古的一个农村，那时候狼比较多，常在村边出没。家禽家畜被狼叼走的事件屡屡发生。人们谈狼色变。一个夏天的上午，一个男孩在村边割草时被两只狼围困住了。两狼一前一后，虎视眈眈。男孩很害怕，他想求救，但他知道，此时求救是徒劳的，因为村里的青壮男女都下到田里干活去了，只剩下一些老人和孩子。如果喊狼来了，喊破喉咙他们也不敢出来。孩子危急中开始大声喊道："要猴了，要猴了……"那时候农村没有什么娱乐活动，要猴是非常盛行的，颇受村民们喜爱。

结果，听到喊要猴，村子里的老人和孩子都向村子边跑过来。两只狼一看这阵势，马上夹着尾巴落荒而逃。那个男孩是我哥哥，他现在和我提到这件事时还心有余悸：如果当时喊狼来了，他肯定就成了狼的午餐。但是他让思维拐了个弯，就化解了自己面临的危机。

我在做语文教师时，曾给学生们留了一篇夸妈妈的作文。作文交上来，我发现几乎全班的同学都饱蘸笔墨写妈妈如何勤劳善良，如何忘我工作，如何关心子女成长，例子举了很多，文字也很生动。但我总感觉这些文章似曾相识，跳不出老套子。翻到最后，终于有一位同学的作文让我眼前一亮，他的作文题目叫《爸爸下厨房》，他用爸爸走进厨房、手忙脚乱的一些闹剧，衬托出妈妈平日里举重若轻、任劳任怨的精神和勤劳俭朴的品质。只是思维转了个角度，这个同学就把文章写得别具一格了。

我们很多时候需要转弯的思维。让思维转弯，是一种大智慧，有了这种智慧，四两可以拨动千斤，弱小可以战胜强大，失利可以变为有利，付出最少的代价能收获最大的成功。

把玉米变成黄金

考泽是美国艾奥瓦州的农民，和美国西部其他农民一样，考泽主要以种植玉米为生。虽然美国是发达国家，但种田的农民也是很艰辛的。为了有个好收成，考泽要像照顾孩子一样伺候自己的庄稼。年复一年，他在田垄间风里来，雨里去，常常落得一身泥巴点，累得佝了腰，生活却没有什么变化。

种玉米，卖玉米，再种玉米，再卖玉米，几十年来，考泽一直在农田里重复着这个周而复始的轮回。每年秋收，考泽总会出神地看着那些堆积如山的玉米，那时，他常常幻想着这些金黄色的玉米会变成金灿灿的黄金。

玉米作为一种普通的粮食，价格是最低廉的，这是小孩子都知道的道理，但考泽却不这样认为。他在那些玉米中捕捉着灵感，寻找着希望。他相信，那些玉米颗粒中一定潜藏着人们未发现的价值，如果改变玉米的命运，就会改变自己的命运。

考泽开始查阅有关玉米的各种资料，有一天，考泽在互联网上偶尔看到一则消息：德国和日本生产出了燃烧乙醇的汽车。他立刻把这条消息和玉米联系在了一起。当时，人们意识中的玉米只是一种粮食，没有人想到蕴藏在玉米中的乙醇是可再生的能源。但考泽却萌生了用玉米来加工乙醇的念头。考泽还了解到，石油资源的逐年减少导致国际原油价格逐年上涨，这使各国对能源的争夺越来越激烈，人类迫切需要一种新的能源。用玉米来加工出乙醇将会是一种新的能源获得方式。

新的发现让考泽兴奋不已，他找到周围的其他农民，希望他们能和自己一道来实现这一梦想。但是，很多农民听了之后都认为不可行，因为他们认为玉米里根本不可能产生出发动汽车的燃料。考泽后来找到了一家科研机构商谈合作事宜，结果机构的负责人对考泽的想法很感兴趣。于是，他们和考泽共同成立了林肯威能源公司。2006 年 5 月，林肯威能源公司开始利用玉米来生产乙醇汽油。玉米脱胎换骨为乙醇汽油后，其附加值开始成倍增长，考泽那个玉米变黄金的愿望终于成为现实。

因为乙醇既可以减少温室气体，又可减少美国对外国石油的依赖，所以，玉米提炼乙醇将成为解决美国能源饥渴的新的办法之一。凭着这种创新，农民考泽成为美国《时代》杂志评出的 2006 年年度最具影响力人物之一。

《时代》杂志对他的评价是：这个农民，依靠智慧的魔法，把普通的玉米变成了"黄金"。

南辕北辙的
思维

看过这样一个故事。有一对老夫妻，老太太生过一场大病以后，性格变得非常怪异。

在生活中，无论老头说什么，她都会唱对台戏：让她往东她偏往西，让她撵狗她却去打鸡。老头实在没办法了，就煞费苦心，想出对策。比如自己想吃炒菜了，他就会对老伴说想吃炖菜，于是，老太太就会把炒菜端上桌子。如果老头想进城去看孙子了。他就对老伴说："我想去闺女家看外孙子。"这时，老伴就会坚持着要进城去看孙子，结果，正中了他的下怀。

聪明的老头利用这种方式，让原本别扭的生活变得生动有趣，其乐融融。

我去派出所办第二代身份证时，也碰到了类似的事情。

一位中年男性，拍照片时足足用了二十分钟也没有成功。

原来，男人有个毛病，每当他听到那位拍照的民警喊"别动"，按下快门时，他都会条件反射般地眨一下眼睛，结果，拍出来的照片都是闭眼睛的。

看着在他后面排着的长长的队伍，民警有些着急了，而男人也是一脸无奈。民警叹了口气，说："再来一次吧。"于是，男人又尴尬地坐下来。民警又喊了一声"别动，照了"，灯光一闪，结果这张又是闭眼睛的。男人见状，要站起来，把位置让给后面的人。民警有些激动，大声喊道"眨眼！"男人竟然一愣。白光闪过，那位民警笑了，因为这张照片终于是睁眼睛的了。

那一刻，包括我在内，所有的人都啧啧称奇。

我有一位医生朋友，向我讲述了他的一次经历。他是一位儿科医生，经常要给一些患病的孩子打针。在一段时间里，有一种烦恼一直困扰着他：那些孩子在打针时会大声哭叫。尽管他边打针边对那些孩子说，不会疼的，不要喊叫，但结果却适得其反，他越这样说，孩子们叫得越是厉害。

有一次，他实在无法忍受了，就生气地对那个孩子说："哭，哭，大声哭，不许停下！"没想到，奇迹竟然出现了，那个孩子听他这么一说，反而不哭叫了。看着平静下来的孩子，他忽有所悟。

以后，再碰到打针哭叫的孩子，他就用这种方法，结果是屡试不爽。

生活中有许多事情都是如此，当我们向着既定的目标努力时，却总也无法抵达；这时候，就不妨让思维来一次南辕北辙。有时，看似背离目标，实则更容易到达。

只管一头羊

小时候，家里曾养了几十头绵羊。人们一直以为绵羊性情温和，容易管理，其实不然，绵羊也很淘气，也很凶悍，牧羊人一旦疏忽，它们就会跑到田里去偷吃庄稼。

有一年夏天，恰逢父亲有事，让我替他把羊群赶到村外的草甸里。那天早晨，羊群一出村子，我就傻眼了：从我家到野外的草甸，必须经过一条两百多米的狭长通道。通道狭窄得只能通过两辆马车，而两边都是刚拔节的玉米。赶着几十头羊，从这里通过，谈何容易？但是没有别的办法，我只能硬着头皮把羊群赶过去。

我小心地驱赶着羊群，缓缓前行，但最担心的事情还是出现了：走在最前面的那只公羊忽然离开羊群，撒腿向旁边的玉米地冲了过去。接下来，可怕的情景出现了，在它的示范下，跟在它后面的十几只羊也跟着冲了出去。我跑上前去，挥着鞭子，努力把那些羊驱赶出来，刚刚松了口气，一回头却发现后面的羊又乱成一团，也跑进了玉米地。于是，我又跑到后面，就这样，我和一群羊较上了劲，我边呼喊着边前后奔跑，直到汗流浃背，鞭子打得不知去向，才艰难地把羊群赶出这个狭长地带，进入宽阔的草甸里。

　　这时，我才感觉到被玉米叶割划过的脸，竟如火烧般疼痛，而身上的衬衫竟被染成一片片绿色。那一刻，我对这群羊恨之入骨，恨不得把它们全部杀掉。但是我忽然想到了父亲，父亲每天放羊都要经过那里，他是怎样过来的呢？

　　太阳快落山时，父亲来接我了。看到我狼狈的样子，父亲很惊讶。我一脸委屈，坐在草地上哭了起来，向他诉说着早上的情形。父亲却笑了。

　　回家的时候，父亲让我在羊群后面跟着，而他自己则走在羊群前面。进入那条狭路时，我的心又悬了起来。果然，走在最前面的那头公羊又起了异样，忽然斜蹿出去。但父亲正盯着它呢，父亲的鞭子比它更快，两声鞭响，它又老老实实地回到正路上了。而其他的羊见状，也都老老实实地跟着它向前走。后来，那头公羊有好几次想进玉米地，都挨了父亲的鞭子，就这样，一群羊被顺利地赶回了家。

　　那天晚上，我问父亲，为什么羊那么怕你，难道羊也懂得欺侮小孩？父亲笑着说，羊分不出大人还是小孩，但羊有一点与人是相同的：每群羊里都有一只特殊的羊，这只羊叫做领头羊，它是整个羊群的核心，所有的羊都要跟着它走，看它眼色行事。羊群很大，你根本不可能把每一只羊都照顾到。但是，如果你能管住领头的那只羊，就管住了整群羊。不懂这个道理的人，放几只羊就会很累，而只要抓住了羊群的核心，放几百头羊也不成问题。

为人处世亦同放羊：如果事无巨细，都去抓起，那么事情不但不会办好，反而会一塌糊涂；只有抓住了事物的核心和关键，才会事半功倍，获取胜利。

退
让
的
巴
西
人

　　伊瓜苏瀑布是世界上最壮观的瀑布，它与北美洲的尼亚加拉大瀑布、非洲的维多利亚大瀑布并称为世界三大瀑布。

　　由于伊瓜苏河是阿根廷和巴西的界河，所以，做为界河的一部分，伊瓜苏瀑布是属于这两个国家共有的自然财富。

　　后来，阿根廷和巴西开始对瀑布进行划分，为了争夺更多的瀑布所有权，两国经过多轮谈判，均没有达成共识。后来，在国际社会的斡旋下，巴西人最终做出了让步。这样，瀑布最美的部分被阿根廷如愿以偿地纳入了自己的版图。阿根廷人为了这个胜利而欢呼雀跃。

　　1909 年和 1939 年，阿、巴两国先后在伊瓜苏河两岸建立了国家公园。阿根廷境内的伊瓜苏国家公园由面积四百九十二平方公里的国家公园和面积六十三平方公里的国家自然保护区组成。巴西境内的伊瓜苏国家公园面积达一千七百平方公里，这也是巴西最大的森林保护区。

1984年，联合国教科文组织在考察伊瓜苏大瀑布时，将阿根廷伊瓜苏国家公园作为自然遗产列入《世界遗产名录》。虽然巴西在伊瓜苏另一边建了一片比阿根廷大好几倍的国家自然保护区，但由于瀑布的主要部分在名分上归属阿根廷，这样，阿根廷就不得不承担起保护瀑布的任务。为了保护瀑布，阿根廷每年要投入大量资金、人力和物力。

随着旅游业的蓬勃发展，伊瓜苏瀑布变成了世界名胜，各国的游客纷至沓来。于是意想不到的事情又出现了：瀑布最美的部分虽然在阿根廷境内，但是观看瀑布的最佳位置却在巴西境内。在阿根廷境内的游客，无论站在哪个角度也欣赏不到大瀑布壮观美丽的景色，要欣赏伊瓜苏最美部分的瀑布，非得到巴西一侧不可。于是游客都从阿根廷跑到了巴西。

阿根廷人如同为人做嫁衣，他们每年辛苦地维护着瀑布，却只能眼看着对面的巴西人设置景点卖票收钱、得到极大的经济实惠而束手无策。

阿根廷人想不到，自己苦苦争来的瀑布，只是一个带着负担的名分；而聪明的巴西人，因为退让，却得到了意想不到的收获。

退一步海阔天空，在竞争的环境里，有时退让反而是最明智的选择，因为人生中有些美丽的风景，必须在你退到远处时才能欣赏到。

逾越一朵花的距离

　　香子兰是一种豆科植物，它在花落后会结出豆荚形的果实。成熟的香子兰果实晒干变黑后，就会成为散发浓郁香味的香料，这种香料，可以被广泛用于食品和化妆品。由于产量低，其价格仅次于藏红花，是世界第二昂贵的调味"香料之王"。最初，香子兰只生长在墨西哥，这是因为只有墨西哥特有的长鼻蜂才能给它授粉结果。因为香子兰果实的珍稀与贵重，当地的印第安人部落经常为争夺它发生武力冲突。

　　1793年，南印度洋留尼汪火山岛上的居民引进了香子兰和为之授粉的长鼻蜂。那年春天，香子兰在岛上生长茂盛，并开出了淡黄色的花朵，这令留尼汪人很高兴。但令人想不到的是，那些长鼻蜂竟然出了问题：它们无法适应火山岛上的生活，最后都死去了，而当地蜜蜂对这种外来植物毫无兴趣。

香子兰的花期短暂，每朵花只开一天，没有授粉者，就意味着这些花朵全部凋谢而结不出一颗果实。人们心急如焚，却只能眼看着花谢而绝望。

一天，一个心犹不甘的留尼汪人偶尔用手捻了一下一朵香子兰花的花心，没想到这一捻竟捻出了奇迹：不久以后，这株香子兰结出了香喷喷的果实。这样，岛上的人们才知道，香子兰是雌雄同体的植物，没有长鼻蜂，人工也可以为它授粉。这个发现使得香子兰的足迹开始遍及世界。如今，每当香子兰花开时，人们只要随身带一根长长的针，刺一下花心，就完成了授粉任务。

有时，希望与我们只相隔一朵花的距离，有的人因为无动于衷、消极等待而花谢香殒，而有的人只是动了一下手指，眼前就会花开缤纷，果香四溢。

从来没有真正的绝境

　　智利北部有一个叫丘恩贡果的小村子，这里西临太平洋，北靠阿塔卡玛沙漠。特殊的地理环境，使太平洋冷湿气流与沙漠上的高温气流终年交融，形成了多雾的气候，可浓雾也丝毫无益于这片干涸的土地，因为白天强烈的日晒会使浓雾很快蒸发殆尽。

　　一直以来，在这片被干旱统治的土地上，看不到绿色，没有一点生机。

　　加拿大一位名叫罗伯特的物理学家在进行环球考察时，经过了这片荒凉之地。在这里，除了村子里的人，他没有发现任何生命迹象。但他有一个重要发现，那就是这里处处蛛网密布。这说明蜘蛛在这里四处繁衍，生活得很好。为什么只有蜘蛛能在如此干旱的环境里生存下来呢？这引起了罗伯特的极大兴趣。罗伯特把目光锁定在这些蜘蛛网上。借助电子显微镜，他发现这些蜘蛛丝具有很强的亲水性，极易吸收雾气中的水分。而这些水分，正是蜘蛛能在这里生生不息的源泉。

人类为什么不能像蜘蛛织网那样截雾取水呢？在智利政府的支持下，罗伯特研制出一种人造纤维网，选择当地雾气最浓的地段排成网阵，这样，穿行其间的雾气被反复拦截，形成大的水滴，这些水滴滴到网下的流槽里，经过过滤、净化，就成了新的水源。

如今，罗伯特的人造蜘蛛网平均每天可截水一万零五百八十升，而在浓雾季节，每天可截水十三万一千升，不仅满足了当地居民生活之需，而且还可以灌溉土地，让这片曾经满目荒凉、尘土飞扬的荒漠重现生机，长出了百年不见的鲜花和青绿的蔬菜。

这世界上，从来没有真正的绝境，有的只是绝望的思维，只要心灵不曾干涸，再荒凉的土地，也会变成生机勃勃的绿洲。

千手观音的手臂

　　重庆大足石刻中，有一尊精美绝伦的千手观音造像。技艺高超的工匠，以整面山体为背景，将佛像开凿出来，并依照山势，在佛像周围的空余岩石上雕满了不同姿态的手臂，每只手的手心各有一只眼，手握法器各异；其姿势或伸，或屈，或正，或侧，恍若天生，千姿百态，无一雷同，恰似孔雀开屏般巧妙分布在八十多平方米的崖石上。

　　虽称为千手观音，但"千手"只是个概数，就连当年的雕刻者自己也没有弄清楚，这尊千手观音像究竟有多少只手。从南宋造像以来，曾有无数人来到这尊千手观音像前顶礼膜拜，人们惊奇于这些巧夺天工的手臂，却不知它们究竟有多少只。几百年来，没有一个人能说出它的准确数字，从宋代到清代，千手观音的手臂有多少成为一道不啻哥德巴赫猜想的数学难题。也曾有一些聪明睿智的学者来此数过，但数来数去，终因手的分布过于纷繁，他们一个个都叹息着离开了。这样，千手观音的手臂之数，一直无法确定。直到清朝末年，当地对千手观音进行修缮时，一个小沙弥给出了答案。

小沙弥的计算方法简单得出人意料，他所用的只是一桶金漆，一桶竹签。他将金漆分别涂在那些手臂上，每漆完一条手臂，就从木桶里抽出一根竹签扔到地上，当他漆完了所有的手臂，再去数地上那些竹签，刚好是一千零七根。这就数出了千手观音的手臂是一千零七条。一道千古谜题，竟被这样一种最简单的方法破解了，这令很多人扼腕叹息。

如同千手观音的手臂一样，在我们的现实生活中，那些越是深奥的难题，其解决的方式就越是简单。但我们总是找不到这种方式，这个现象反映出每个人都有的弱点：习惯于把复杂的事情想得简单，又喜欢把极其简单的事情搞得无比复杂。

竞争当如天堂鸟

　　求偶竞争是自然界中所有动物不可缺少的生存环节。在这一过程中，动物们常常会上演同类相残的悲剧，采取残酷的武力角逐，来赢得自己在群体中的地位，并获取异性的青睐。而最终往往是胜者虽胜，也是惨胜——留下累累伤痕，而失败者的境况则要更坏，轻者落下残疾，重者或死于非命。

　　有一种动物，它们的求偶竞争却迥然不同，令人刮目相看，堪称动物世界中的典范。它们是生活在南太平洋新几内亚岛热带丛林中的天堂鸟。

　　雌性天堂鸟的外形并不引人注目，但是雄性天堂鸟却拥有五彩斑斓的双翅，硕大艳丽的尾翼，它们腾空飞起时，周身流光溢彩，美艳绝伦，因此，它们被称为世界上最美的鸟儿。

　　每到求偶季节，雄性天堂鸟要做的不是去与同类进行厮杀斗狠，来赢得爱情，而是会以舞蹈的方式，在雌鸟面前展示自己的优点与实力。雄鸟会在雌鸟附近选一个树冠，作为舞台。它会很细心地打扫这个舞台，啄掉每一片树叶，甚至连树枝都要擦得干干净净。然后，开始面对雌鸟舒展并抖动自己的双翅和尾羽，以优美的舞姿来博得雌鸟的认可。而与此同时，其他的雄鸟也会在这只雌鸟视线内的另一个舞台上，同样地翩翩起舞。面对同一目标，竞争对手们虽竞不争，它们只依靠展示自己的实力与魅力来一较高下。最后，舞技高超者会赢得这场竞争的胜利。

天堂鸟的竞争，公正和平，优雅睿智。胜者自胜，败者也无伤大雅，可谓是一种可贵的竞争方式。由鸟及人，不由令人联想到我们的人类社会，从上学、结婚到参加工作，乃至生活中的方方面面，每个人都面临着各种各样的竞争。有些竞争者，为达目的，不计手段，不讲方式，以阴谋诋毁或武力来伤害竞争对手，却不知，伤人七分，自伤三分，胜利者也将付出高昂的代价。

在竞争中，不妨做睿智的天堂鸟，去尽量放大自己的优点、展示自己的魅力，最终才会不战而屈人，获取竞争的完胜。

化腐朽为神奇

　　斯里兰卡有一家"大象孤儿院"。孤儿院里收容了这个国家几百头走失的大象。众多大象的到来，给大象孤儿院带来了麻烦和难题。其中最令人头疼的事情便是每天堆积如山的大象粪。

　　与大象孤儿院比邻而居的，是一家造纸厂，这家造纸厂的原材料主要是挨家挨户收购来的废纸和稻草，由于造纸原料的供应量不稳定，造纸厂常常陷入"无米下锅"的窘境。有一天，造纸厂的厂长正好碰到了大象孤儿院的负责人，这个正为大象粪而苦恼的负责人半开玩笑地对厂长说，要是大象粪也能造纸就好喽。说者无心，听者有意，这句话，让正为原料供应不足而发愁的厂长茅塞顿开。他二话没说，立刻背了一筐象粪回到厂里，抱着试试看的态度，让工人们加工一下，看看能不能造出纸来。

工人们把这些大象粪过滤清洗，粉碎打浆，筛浆脱水，再经历压榨烘干和压光。结果，大象粪经过全部制作程序后发生了脱胎换骨的变化：它们变成了光亮柔韧的白纸！

象粪造纸的成功，让这位厂长看到了无限的商机，他立刻决定把自己的造纸厂注册成为一个纸业公司，专门生产象粪纸。象粪纸的出现，不仅给大象孤儿院减去了负担、为当地带来可观的经济收益，而且还为整个斯里兰卡赢得了殊荣。2006 年，在荷兰举办的"世界挑战"大赛中，象粪纸以其人与自然和谐共处、有效利用和保护野生动物资源的超人创意一举夺冠。

如今，象粪纸已成为斯里兰卡人引以为荣的国宝，它们被斯里兰卡政府包装成精美的国礼，赠送给国外友人，象粪纸还远销到欧美和日本等国家，为这个国家赚取了大量的外汇。

大象粪能由废物变成宝贝，这一华丽转身其实源自人类的伟大智慧，这也说明，只要有一双发现的眼睛、一颗智慧的心灵，就处处存在着机会和希望。

一瓶水的助力

　　内蒙古有一片叫作库布其的大沙漠，是土地沙化的重灾区，被称为"死亡之海"。

　　为了将沙漠变成绿洲，当地人开始在低洼的沙谷中栽种耐旱的灌木沙棘、沙柳，但是，在如此干旱的环境里，树苗的成活率极低。因为在植树时浇的水，用不了几天就会蒸发掉，所以，还没有等到树苗生长，便会因为无水而干枯。这样，人们在沙漠中用尽了力量，却从没有栽活一棵树。

　　虽然植树失败，但人们并没有屈服于沙漠的淫威，人们继续按传统的方式栽下树苗，结果却和从前一样。如何才能栽活一棵树，成了一道难题。人们做着各种各样的尝试。

　　终于有一天，人们从"插绿赏花"中得到了启示。于是，有人把树苗插进一个装满水的瓶子，然后，将瓶子埋在沙土里。这种方法使沙漠里第一次出现了绿色。

区区一瓶子水，竟能滋润一棵树，这听起来仿佛是天方夜谭，但经过科学测试后，却能得出惊人的答案：一个空瓶子灌满水，插上胡杨树苗埋进沙里，两个星期过后，树苗便会长出根须，而瓶中的水消耗不到 5 毫升，这样算来，看似微不足道的一瓶水，至少可以维持一棵树苗半年的用水量，而到那时，瓶子早已成为侧根，胡杨的主根已深深扎入沙漠深处，一棵树即宣告种植成功。

小小的瓶子迅速扩展着库布其的万亩林面积，乔、灌、林、草竞相生长，枸杞、甘草等中药材也落地生根，一些野生动物相继在这里垒穴筑巢。昔日的"死亡之海"一片生机盎然，林场内的流动沙丘基本得到控制。

从风沙肆虐的荒漠，变成郁郁葱葱的森林，如同一个神话般的奇迹，而创造这个奇迹的，是看起来微不足道的一瓶水。

每个人在成长过程中，都不缺少坚强与耐力，但是当你身处于巨大的困境中时，只靠自己的力量去谋求成功，则会是一种徒劳与奢望。生活中的强者，并不是因为其本身具有超凡的力量，而是因为它们善于借助外在的助力。

想想那些被称为最坚强植物的胡杨树，它也得需要一瓶水的助力，才可以战胜荒漠，走出困境，生长为一片绿荫。

箭袋树的舍弃

　　有这样一种植物，为了生存，它们选择勇敢地去牺牲、去舍弃，这种强悍与勇决，令人类也汗颜惊叹。

　　在非洲纳米比亚沙漠的南部，几乎永远不下雨，并且酷热难耐，干旱、酷热的环境，让生命望而却步，但是，仍有一种树木在这里不屈地生长。因为沙漠里没有别的树木生存，这些树木就常常被土著人砍下、掏空做成箭袋，所以它们被称为箭袋树。箭袋树是终年得不到水分的，但又终日暴露在阳光下，所以，它们要生存，就用了许多办法来贮存水分。它们把水分涵养在肥厚的叶片里，潜藏在膨大的枝芽里。它们的叶片都覆盖着一层厚厚的外皮，而且皮孔的数目极少，以将水分蒸发减到最少。同时，它们又在树枝上覆盖了一层明亮的白色粉末，用来反射阳光。但是，这些办法还是远远不够的，箭袋树要生存，就得呼吸，呼吸就不可避免地产生水蒸气，水分一旦蒸发，它们必然会干枯而死。

从理论上讲，箭袋树必死无疑，但沙漠中却仍可看到箭袋树坚强挺立的身影。人们对这个有悖生存常理的结果惊叹不已，并终于发现了它们死中求活的秘诀——截肢。每到干渴欲枯、生死攸关之际，箭袋树就会突然自断肢体，无数正在生长的枝叶，纷纷断离树干，这些伤口会被立刻牢牢封闭，只留下刀削般平滑的疤痕，向人们展示着生命的坚强与壮美。

有许多像箭袋树一样的生命，它们能在绝境中存在，是因为它们珍惜并热爱着自己的生命。而热爱生命的最高境界，应该是懂得去牺牲，去割舍生命中的某些部分。

『横行』的螃蟹

　　说到螃蟹，人们很容易联想到"横行霸道"这个词语。螃蟹横着爬行，这在动物中是独一无二的。因为这个另类的行走方式，螃蟹一直备受诟病与非议。

　　在大自然里，有很多动物是凭借地球磁场来判断方向的。特别是那些洄游和迁徙性的动物，更是与地球磁场结下了不解之缘。但是，地球的磁场并非是一成不变的，地磁南北两极在漫长的时光里曾多次发生倒转。这令有些动物无所适从，更难以适应，于是，有大量物种因此而灭绝，如今我们只能在化石中见到它们。

　　出现在侏罗纪末期的螃蟹，也是古老洄游动物中的一种，因此螃蟹对地球磁场极为敏感。但是，随着地球磁场的屡次变化，螃蟹体内能够帮助它们辨别行走方向的小磁体便逐渐失去了作用，这让螃蟹无法分辨出南北方向了。

在其他动物无法适应环境、纷纷灭亡之际，螃蟹却棋高一着：既然磁极总是南北颠倒，我就干脆不去分辨南北了。于是，螃蟹不再前进、也不再后退，而是开始横着行走，这样，任凭磁极再怎么变化也不会影响到它了。螃蟹的这种以不变应万变的智慧，让自己在变化无常的自然环境中独善其身，一直生存到了现在。

许多物种在自然选择中或凝为化石，或化作飞烟，但仍有一些类似螃蟹的生命，能从容穿越时空，繁衍生息，代代不绝，这不能不说是个奇迹。

横行的螃蟹告诉我们：只要有一种处乱不惊的胸襟，有一颗淡定从容的心灵，我们就会渡过难关，创造出生命的奇迹。

胡杨的生存哲学

　　胡杨是塔克拉玛干沙漠中唯一的植物，千万年来，胡杨以坚强不屈的姿态挺立在生命的禁区里，令世人震撼而敬仰。

　　塔克拉玛干沙漠每年的降雨量大约是三十毫米，而蒸发量是降雨量的一百倍，达到三千毫米，这种环境，没有给任何植物生存的机会，但胡杨却在这里繁衍成荫。

　　每年夏季，沙漠中干涸的塔里木河都会重现生机，这是遥远的雪山积雪融化后，形成了一年一度的洪水。利用这个机会，胡杨的种子和沙漠中其他植物种子立刻开始发芽生根。很快，河床上便会长出密密麻麻的各种小苗。植物们似乎懂得生机的短暂，所以，它们都会拼命地生长。就在其他植物生机勃勃、茁壮成长时，刚冒出头的胡杨树苗却停了下来，这让它们成为所有植物中最矮小最不起眼的个体。也许有人会对它们失望而担心，但是很快，另一种情形出现了。

洪水来得快，去得更快，用不了多久，河道便会重新干涸，那些躯体庞大的植物们因为突然断水，会纷纷干枯而死，而身材矮小的胡杨树苗却能存活下来。此时，如果向地下挖掘就会发现，每一株胡杨树苗的下面，都有着长得令人吃惊的根须。原来，当所有植物急切追求身躯的成长时，胡杨树苗却竭尽力气向下生长，在不断努力下，它们的根系很快就会达到身体的几十倍。于是，当干旱重新到来时，只有根系足够强大的胡杨，才能汲取到沙层深处的水源，从而存活下来。

智者常常把功夫用在根基上，而不是面子上，只有根基扎实牢固的人，才会不惧任何风险和变故，一直生存得很好。

……

每一株胡杨的身上都同时生长着柳树和杨树的叶子，所以胡杨还有一个名字叫"异叶杨"。

幼年胡杨树的叶子是细细的条形叶，随着年龄增长，叶片才逐渐分成宽、窄两种。大树的低处仍然是条形叶，只有头顶才是宽阔的掌形叶。也许人们会对这种"一树生两叶"的现象感到奇怪，其实这种现象背后则是胡杨的另一种生存智慧。

塔克拉玛干沙漠不但干旱，而且一年四季风沙肆虐，胡杨细小的条形叶，不但可以使水分消耗达到最低，而且细细的叶片也可以减少风沙打击的面积。对于那些生于树顶的掌形叶，它们由于能接受到光照，则可以尽可能多地进行光合作用，制造胡杨生长所需要的能量。所以，两种叶子形态虽然不同，却是为了一个相同的目标：生存。

求同存异，胡杨树"一树两叶"的生存策略，为我们人类破解特殊难题提供了最好的借鉴。

······

见过胡杨树的人都会认为，这种树是形态最奇特的树木。成年的胡杨，从来没有笔直伟岸的参天大树，或弯曲倾斜，或盘道拧劲，个个都是奇形怪状。为什么成年的胡杨会长成奇怪的形状？研究发现，这也是适应环境的需要。

在胡杨漫长的生长岁月中，因为缺水，它们每时每刻都面临生和死的考验。当水分不足以维持整棵大树时，胡杨就会放弃身体的一部分以保证生命的延续。为了节省水分，它们会放弃正在健康生长的主干，于是整株树体的上半部分会全部枯死，而下半部分一条小树枝则会被当成新的主干，倾斜着继续生长。如果它们再次遭遇强烈的干旱时，则会再次放弃这条主干，重新选择新的树枝来承担生长的任务。

在无数次的放弃和选择中，胡杨变成了形态最奇特的树木、沙漠中最奇特的风景。

放弃，是每一个生命应有的智慧，懂得放弃的生命，才可绵延生息，历久不败。

沙漠花园的秘密

澳大利亚的西南，有一片在地图上找不到的沙漠。这里雨水稀少，干旱异常，夏季，这里的最高温度可达五十摄氏度。因为没有高大树木的阻挡，狂风终日从这片沙漠上空咆哮而过，好像要把地平线扯断。

听不到野兽的吼叫，没有溪水潺潺，甚至连虫豸的呢喃都稀少，风是这里唯一的声音。

任何人都会以为这是一片死亡之域。

但事实却恰好相反。

1973 年，澳大利亚一个叫夫兰纳里的植物学家在骑摩托车旅行时发现，这片世界上条件最恶劣的沙漠中竟有大约三千六百多种植物繁荣共生，如果按单位面积计算，物种多样性要远远超过南美洲的热带雨林。

春天到来之时，各种灌木的枝头顶着颜色各异的艳丽花朵，在烈日与金沙呼应下，美得令人惊心动魄。因此，发现者称这里为沙漠花园。

是什么原因，把最恶劣的环境，变成了最美丽的花园呢？夫兰纳里发现，生长在这里的植物对自己非常苛刻，对水和养料的需求少得可怜，几乎是别处植物的十分之一。同时，这里所有植物的叶子都不是绿色的，而是带着各种鲜艳的颜色，它们的花朵也都异彩纷呈，花冠硕大艳丽，几乎各种颜色的花在这里都能找到，而更奇特的是，这些花朵都能分泌超乎想象的大量花蜜。

夫兰纳里对这些植物进行了三十年深入研究，才发现其中的奥秘：这里的土壤成分主要是没有养分的石英，只有对水分和营养需求极少的植物才能生存；昆虫和鸟类在这里非常稀少，几乎没有潜在的授粉者，植物的生存繁衍主要靠传播花粉，在这种条件下，植物必须开出最大最艳丽的花朵，分泌最多的花蜜，才能引起潜在的授粉者的注意。

索取得最少，花朵开得最大最美，花蜜产生得最多，这就是环境最恶劣的沙漠能变成花园的秘密。

少一些索取，多一些贡献，最贫瘠的环境中，生命也会如花绚烂绽放。

树木的生存智慧

一

长白山是一座死火山，山脚下土层厚的地方，森林茂密，但是随着海拔的增加，覆盖山体的便都是黑色的火山石和白色的火山灰了。恶劣的生存环境，使高大的乔木甚至是灌木都望而却步了，站在海拔四百米向上望去，竟有一片片火样的颜色。向上攀登，我才发现，那是一种成片的矮小植物正在绽放的花朵。当地人告诉我，这种开花的植物叫作高山杜鹃。我仔细观察这些高山杜鹃，它们只有几厘米高，几乎是贴着地面生长。虽然它们的生长环境是没有养分的火山岩，但那花朵却如团团火焰迎风怒放。生机勃勃的高山杜鹃，比山下的高大树木更加震撼人心。管理人员告诉我，高山杜鹃之所以能在寸草不生的碎岩上生存，并绽放成一道美丽风景，最根本的原因是矮小，它们的植株只有几厘米，这达到了木本植物低矮的极限。这使它们对养料的需求也少到了极限，而且，山上可以吹折树木的强风也不会波及这些低矮的植物。

所处位置越高，处世态度越要低调，虽说高处不胜寒，但高处仍然有风景，这其中的玄机就是低调。

二

长白山脚下，锦江大峡谷边的原始森林里，有许多倒下的大树，游人见此，均感奇怪：这么粗壮高大的树怎么会轻易倒下呢？一位导游这样解释：这些大树的问题是出在树根上。一棵树的生长，不只是我们看见的生长，地上长高的同时，地下的根系也要随之生长，地上与地下的生长是成正比的，可以这样说，树有多高，根就有多长，只有地下的根系发达，才能为地上的枝干提供足够的水分、养料，也才会有足够的力量支撑地上的部分。倒下的这些树，都是根系不发达，根扎得不够深的树。这样，大的风雨袭来，它们便轰然倒下了，并且，如果根基不牢，越高大的树木，就越容易倒下。

我看了看那些倒下大树的树根，果然如他所说。

所有的事物生存发展都依赖于根基，根基不牢，再恢宏的伟业也会在一瞬间回归到零。

三

　　在长白山莽莽林海中穿行，常看到这样一个奇怪的现象：稀疏生长或独自生长的树木，树身都不会太高，而且它们的枝干也弯曲不直。但成片树林中的树木则每一棵都高大挺拔，从不旁逸斜出。阳光、水分是树木生存发展必需的条件，按这个生存法则，占有空间大的树木一定会比那些只顶着头上把掌大一块天的树木要长得好，但为什么生存环境优裕的树木反而没有恶劣环境中的树木茁壮呢？

　　正在我迷惑不解时，一个当地人这样说：树也如同人一样，稀疏的树木因为没有竞争存在，就懒散着随意生长，这往往使它们长得奇形怪状，最终不会成材；而长在一起的树木，每个个体要想生存，就必须让自己长得高大强壮，这样才能争得有限的阳光、水分等生存资源，从而存活下来。而最终，它们长成了令人尊敬的栋梁之材。

　　竞争的力量，往往是让生命自强不息、锻炼成才的最好力量。

第五辑

倾情 · 淡品

相同条件下，有些人失败，是因为他们常常习惯依赖环境来成就自己；有些人成功，则是因为他们能在环境中改变自己来积极自助。

等待 像花儿一样

丁香花是冰城哈尔滨的市花，每年春夏之交，整座城市就成了丁香花的海洋。

丁香花随处可见，但哈尔滨的丁香有个特点：她们往往是在人们不经意的瞬间，忽然全部绽放的。这让人们感觉春天是在一夜之间降临到了这座城市。在北方，有许多花儿都是这样，像蜡梅、杏花、海棠……这些花儿的花蕾往往会在枝头上挂很长的时间而无动于衷，然后是在某一天，或某一瞬间，便"忽如一夜春风来，千树万树花儿开"了。

花儿为什么要选择一个瞬间不约而同地开放呢，一位生物学家解开了这个谜题。

北方地处高纬度地区，这里冬天漫长，春天短暂。有时，春天即使来了，天气也往往要有很多的反复，白天可能艳阳高照，而晚上则不时地有寒流侵入。这样，即使在一天之间，温差也是极大。在这种气候中，花儿如果贸然开放，必会被无情的寒风"零落成泥碾作尘"。所以，聪明的花儿一直处于含苞待放的状态，寻找最佳的开放时机。它们可能会等一个星期，更长时会是一个月的时间，直到四月中旬或者更晚的一个不知名的清晨，人们上街时会突然嗅到花香四溢，看到花开满城。北方的花儿，因为善于等待而避开了被冻僵夭折的灾难，带来了生机勃勃的春天，完成了繁衍生息的任务。

我们应该向这些花儿学习。有些时候，我们必须不能有什么作为，而只能做一件事：等待，就像那些含苞的花蕾。

等待不是消极懈怠，而是积攒力量；不是徘徊犹豫，而是韬光养晦。一旦时机成熟，便把积蓄的力量全部爆发出来，此时的人生，定会如花儿般绚烂夺目，芳香四溢。

龙涎香的秘密

　　龙涎香，是留香最持久的香料，世界上任何一种香料都不能与之相媲美，曾有"龙涎之香与日月共存"的说法。由于稀有难觅，龙涎香又被称为"灰色的金子"。龙涎香也是最神秘的香料，人们只是偶尔在海边拾到它。关于它的来源，有过无数的猜测和传说。后来，一位海洋学家经过调查研究后，解开了龙涎香的秘密。

　　海洋中有一种形体巨大的生物，叫作抹香鲸，它可以下潜到千米深海之下，吞食体型巨大的乌贼、章鱼等动物。但是，这些动物体被吞食后，它们身体中坚硬、锐利的角质喙和软骨却很难被抹香鲸消化，胃肠饱受折磨，却不能将之排出体外，这令抹香鲸痛苦异常。在痛苦的刺激下，抹香鲸只好通过消化道产生一些特殊的分泌物，来包裹住那些尖锐之物，以缓解伤口的疼痛。

　　每隔一段时期，难耐痛苦的抹香鲸都要把这些分泌物包块排出体外。而这些包块漂浮在海面上，经过风吹日晒、海水浸泡后，就成为名贵的龙涎香。

　　谁也没有想到，贵逾黄金的龙涎香，竟是抹香鲸与痛苦对抗的产物。

　　不要拒绝痛苦和磨难，有时，往往正是与痛苦对抗的过程，才让我们的人生修炼到了龙涎香的境界。

爆米花里的玄机

　　女儿喜欢吃爆米花，妻子就经常到超市里买回成袋的玉米粒，然后用微波炉自己制作。自制爆米花虽然经济方便，却也有美中不足的地方：那就是每次制作完，袋子下面都会剩下很多没有爆开的玉米粒，每次看着这些焦煳的"玉米豆"，妻子都很惋惜。有一次，女儿一边吃着爆米花一边问我："爸爸，这些玉米粒为什么没有开花呢？"

　　带着孩子的疑问，我开始查找有关爆米花的相关知识。后来才发现，美国普渡大学的科学家已经找到了玉米粒不开花的答案。原来，每个玉米粒都被一层果皮紧紧包裹着，当玉米粒被加热加压后，这层果皮能起到锁住里面蒸气的作用。在温度与压力加大的过程中，有的玉米粒因为承受不住压力的挤压，其体内积累的蒸气就会慢慢从果皮的缝隙里溢泄出来，于是，这样的玉米粒就成了没开花的"玉米豆"。而有一些玉米粒，则承受住了压力的考验，它们坚持下来，直到压力最强的一瞬间，便把聚积在体内的能量全部释放出来，最终，它们变身为一颗颗美丽的爆米花。

没有想到，小小的爆米花里，竟藏着这样令人深思的玄机。想到我们每个人，原本也似那一颗颗玉米粒。无论多么平凡，多么卑微，如果在面对压力时能坚持、能忍耐，不气馁，那么在未来的某一天里，我们的人生一定会华丽转身，绽放出美丽和香甜。

望天树的境界

亚洲的热带雨林中，有一种擎天巨树。它姿态秀美，树干挺拔，昂首屹立于万木之上，使人无法仰视它的树冠。站在树下，听鸟儿在树顶上的鸣叫，小得像蚊子的嗡嗡声一样。

植物学家在对这种巨树进行测量后，发现树高有六十多米，个别的高达八十米。这些罕见的巨树，株株耸立于热带雨林的上层，一般要高出第二层乔木二十多米，是热带丛林中最高的树木。根据巨树这种直通九霄、刺破青天的气势，人们给它取了一个形象生动的名字——望天树。

望天树材质沉重，结构均匀，纹理通直而不易变形，是一种难得的优良木材。根据经验，材质好的树木生长速度都是非常慢的，而望天树却是个例外，一棵七十岁的望天树，竟长到了五十多米，胸径达到一点三米，这种生长速度在树木中是罕见的。

　　究竟是什么力量，能让望天树快速生长，并超越身边所有的其他树木，成为热带雨林中最伟岸挺拔的大树呢？

　　在热带丛林中，为了生存，树木之间每时每刻都在进行着生存空间、阳光和水分的争夺。为了占地盘，有的树木尽可能地让自己枝繁叶茂，而有的树木则盘根错节，这种为利益的争夺和排挤现象随处可见，让人看了心惊。在丛林中，藤萝等寄生植物占了很大一部分，它们不能直立生长，为了生存，就要攀附缠绕在其他树木上，而那些枝繁叶茂的树木往往会便于寄生植物的攀附。最终，它们会被寄生者牵绊、层层遮蔽，这样一来，枝杈众多已不再是它们的优势，而会成为影响它们向上生长的负担。

　　只有望天树是个例外，因为它的树干是通直的，绝无一个分杈，这根唯一的主干，使得望天树在丛林的纠缠与争斗中独善其身，它不为外界因素所扰，仰视苍穹，专心致志地向上生长，生长，直到有一天，自己高耸入云，达到一览众树小的境界。

　　不妨试一下，在自己内心树立一个远大目标，然后忽略身边那些利欲得失，并心无旁骛地向着目标不懈努力。在未来的某一天里，你也许便是人群中的一棵"望天树"。

动
人
的
回
水

印度南部喀拉拉邦的印度洋西海岸一带，有一片由无数条小河、运河和湖泊组成的水路网。这些河流最宽处未足百尺，狭窄的地方甚至可以跨步而过。

河水大多湛清碧绿，波澜不兴，蜿蜒舒缓。而河水两侧密布的椰林和参天古木犹如绿色翠屏，使得小河清秀恬静，自成一格。但是，对于这些小河小溪，当地人却不肯称其为河，而是叫它们回水。

就是这条小小的回水，吸引了全世界的游人，人们称其为世界上最动人之水，并以能在回水上泛舟为荣。回水的动人之处究竟在哪里呢？

原来，距回水不远处就是波涛汹涌的印度洋，回水与海水相距最近处不过十几米。而横亘在小河与大海之间的，并不是高山陡崖，只不过区区一两米高的沙丘。由于河与海处于同一平面，站在高处的沙丘放眼望去，便可看到一种河海平行，绿蓝分明，磅礴与柔媚并存不淆，律动与宁静共入眼帘的人间奇景。

令人震撼的是，虽然浩瀚的大海近在咫尺，回水偏偏对它"毫无眷恋之情"，丝毫不理会江河汇入大海的自然规律，而是执意地与海岸线平行流淌，绵延数百公里却始终若即若离，不投入大海的怀抱。

但是每年印度洋季风到来时，这种情况就会发生改观。狂躁不安的印度洋开始向弱小的回水发起攻击。在季风的驱动下，大海卷起排山倒海般的巨浪，强行越过不堪一击的河海分界线，沿着数百公里的海岸向回水铺天盖地倾泻而来。

但是，面对强邻的入侵，柔弱的回水也不退缩，它在季风的配合下，以不屈和抗击回敬大海的狂傲。季风带来的集中降雨在短短一两天内就能造就回水的气势，暴雨过后，回水会马上泛滥，以至标高迅速超过海平面，于是让人惊心动魄的情景出现了：大水漫坡，如万马奔腾，毫不留情地灌注大海。

谁也无法知晓，时光的漫无际涯中，这种弱小与强大的交锋进行了多少次，但人们现在看到的是：大海虽然汹涌澎湃，回水却依然是回水的风格，它以自己独特的美丽与自由之态，与大海平等存在，静静地流向远方。此时，大海望着这脉弱小却桀骜的细流，唯有一次次惊涛拍岸，听起来，犹如一声声无可奈何的叹息。

你有你的浩瀚，我有我的个性；你有你的强大，我有我的弱小。能在诱惑与强大面前，依然不改本色，不肯屈服，也许这就是一脉弱水成为人间绝景的秘密。

蜥蜴的繁衍之道

　　南澳大利亚的沙漠中，生存着一种矮胖的蜥蜴。这种蜥蜴行动迅捷，在沙漠中来去如风，令许多捕食者都拿它们没有办法。

　　但是，每年的七八月份，这些蜥蜴竟一反常态，行动迟缓得如同乌龟。这种现象引起了研究人员的兴趣。他们捕捉了一只蜥蜴并对之进行 CT 扫描，结果发现这只蜥蜴正在妊娠状态中，但令人吃惊的是：蜥蜴腹中胎儿的重量竟达到了母体重量的三分之一。如此推算，这相当于人类一个妇女要生出一个七八岁大的儿童。

　　并且，这个生长中的巨形胎儿就位于蜥蜴母亲的肺部和消化道之上。由于坚硬的鳞片覆盖了蜥蜴的大部分身体，所以它的腹部是无法变大的。这样，在巨形胎儿的挤压下，蜥蜴母亲的肺部几乎全部萎缩，食道也变得狭窄异常。妊娠后期，是这些蜥蜴母亲最痛苦的时刻，因挤压而产生的憋闷，使它们无法正常呼吸、无法正常活动，也无法吃下太多的食物。窒息和饥饿，会让这些蜥蜴母亲苦不堪言，一向行动迅捷的它们也只能艰难地拖着自己的身体缓慢活动。研究人员就此得出结论：世界上没有任何一种动物的繁衍，会比这种蜥蜴承受的痛苦更大。伴随着痛苦的还有灾难，由于爬得不快，沙漠中的响尾蛇、沙狐等各种动物很轻松就能捕获它们，很多蜥蜴母亲在此时成为天敌的美餐。

在经历巨大的痛苦和劫难之后，蜥蜴母亲终于苦尽甘来，在沙漠中产下自己的幼仔，而小蜥蜴因为身形庞大，它们在出生后马上就可以离开母亲，具备逃避天敌、独立生存的能力。

从澳大利亚蜥蜴的繁衍群体来看，蜥蜴母亲被天敌捕食的概率只有三分之一，但是新生蜥蜴的成活率却可以达到百分之百，这创造了动物繁衍成活的世界之最。

每种动物都有自己的繁殖策略。有些动物繁衍的成本很低，它们往往只要产下大量的卵或后代就可以了，但是由于发育不完全或哺育期过长，这些卵或后代中的大部分个体往往在长大成年之前就会夭亡或被天敌捕食，从而所剩无几，这是许多动物濒临灭绝的重要原因。

而这些蜥蜴母亲，在繁殖中虽然投入了高昂的代价，但它们最终换取了极高的后代成活率，使这一物种在沙漠中一直生生不息。

　　澳大利亚蜥蜴的繁衍过程，道出了一个亘古不变的真理：付出和回报永远都是成正比的。收获丰厚成果的前提，必须是巨大成本的付出。

红松给人类的教育

小兴安岭是红松的故乡，在伊春五营国家森林公园里，有我国现存面积最大的红松林。红松的生长布局给我留下了深刻印象：一些最粗壮的大树往往成为树群的核心，辐射四周。与核心树距离最近的树木一般都很矮小，而随着辐射半径的延长，树木也逐渐高大起来。有个别个体的高度甚至超过了位于中心的大树。

为什么会出现这种状况呢？面对我的疑问，一位专门研究红松的当地人为我讲述了这些红松的前生今世。没想到，在这些红松的生长过程中，竟蕴藏着启迪人类的智慧。

几百年前，五营的红松林并没有我们现在看到的茂密，那时候，大概要走几十米才能碰到一株。之后的某一年，成年的红松终于结出了孕育松子的松塔，松塔在风吹日晒中渐渐成熟，并最终坠地、迸裂。造化给了这些松子不同的命运。有的松子直接落到母树的脚下或近处，而另一些则弹跳出母树的怀抱，流落到四面八方。松子落地后，开始在泥土中萌芽，并长成幼小的树苗。由于站在同一起跑线上，所有新生小树的高度和直径几乎是没有差别的。

但是，北方的气候正在考验着这些幼小的树苗。在干旱的季节里，常常会整月没有雨水，这让根系不发达的小树很容易干枯而死；在大风劲吹的季节里，扎根未深的小树往往会被狂风吹斜而夭折；而到了万里雪飘的严冬，一场场大雪又会以压顶之势从天而降，脆弱的小树随时会有被压倒的危险……

在接连不断的自然灾难面前，那些生长在母树脚下的小树是幸运的。母树的树冠和树身形成了一把保护伞，为近身的幼树遮风避雪；并且，在干旱的季节里，根系发达的母树因为储存了大量的水分，而使近身的土壤保持湿润，这也保证了脚下的幼树躲过了旱劫。由于母树的庇佑，这部分小树大多能茁壮成长，它们的存活率是很高的。而那些远离母树的小树则没有一点依靠。它们必须要靠自己的力量和运气，来面对风雪干旱的洗礼、生死存亡的考验。经过残酷的自然选择后，它们能存活者不过十之二三。

千万不要为这些小树庆幸或悲伤，因为在接下来的岁月里，事情开始出现了令人意想不到的变化。

阳光与水分是一棵树健康成长的必需条件。母树是最高大的个体，所以，它会得到最多的阳光，而与此同时，她的树冠也遮蔽了阳光，这就令那些离她最近的小树失去了阳光，它们生活在阴冷的环境里，无法进行光合作用，无法健康成长。更要命的是，随着这些小树的长高，它们对水分的需求量也日益增加，但是它们别选择，只能与母树争夺共用的有限水分。从前的庇护，如今变成了遮蔽；从前的滋润，现在变成了干涸。得不到阳光，又没有充足的水分，这让母树脚下的小树们开始营养不良，放慢了生长速度。

而那些远离母树、历经大自然筛选的小树们，则拥有着自己的一片蓝天、一方水土。它们没有羁绊，无拘无束，自由成长。渐渐地，它们的高度和直径开始超过那些母树下的兄弟们，越长越高，直刺青天，并最终在未来的某一天，超过孕育自己的母树。

走直线的
响尾蛇

美国西部怀俄明州有一片广袤的荒原，这里是响尾蛇出没之地。在每年的五六月份，荒原上的雄性响尾蛇都会钻出洞穴，它们的目的是寻找一条自愿交配的雌蛇。响尾蛇的爬行速度并不快，时速只有二点五公里，而它们的视觉和听觉也不敏锐。但令人不可思议的是，这些雄性响尾蛇却能沿着一条非常直的线路爬行，最远能爬出八公里。生活在荒原上的人们经常会看到这些直线，它们笔直地延伸向远方，如同某位测绘员所为。

动物学家对这些有趣的响尾蛇进行了跟踪观察和研究，结果他们发现：雄性响尾蛇似乎非常偏爱这条直线，尽管有时它们会偏离线路滑到某片池塘或一块大石头周围，但是很快又会回到那条狭长的直线上来，继续向前。观察者还在雄性响尾蛇身上发现了这样的悖论：本来是为了寻觅雌性的雄性响尾蛇，竟会为恪守直线路径，不去理睬那些距离直线很近、唾手可得的雌性。这让观察者认为响尾蛇是傻乎乎的家伙。

但是，通过计算机模拟显示后，人们马上改变了对它们的看法。这些痴迷于直线的雄性响尾蛇非但不傻，它们的身上竟闪耀着人类未曾想到的智慧之光。原来，响尾蛇中的雌性与雄性不同，为了寻找食物，雌性响尾蛇往往散乱地游弋于栖息之地。这样，雄蛇如果一会儿向左爬，一会儿又向右爬，去寻觅雌蛇，反倒不如顺着直线向前爬行碰到雌蛇的机会大。因为坚守直线，个别雄性可能会与近在咫尺的雌性失之交臂，但从响尾蛇的群体角度来看，正是这种对直线路径的坚持态度，才使得大多数的雄性都遇到了雌性，从而让这个物种能够在荒原上代代繁衍，生生不息。

走直线的响尾蛇向我们昭示着：摇摆不定、朝三暮四的态度，只会让收获成为少数人的运气。而那些向着一个目标不动摇，一直前行的人，迟早都有柳暗花明、硕果累累的一天。

麻烦的妙处

生活中处处都少不了麻烦，这些麻烦常常令人不舒服，反感甚至苦恼。但是仔细品味麻烦，还可以发现一些生存道理。

祖父曾讲过东北农村的一个旧俗：有行路人讨水喝时，主人总会舀一瓢清凉的井水奉上，但口渴难耐的行路人接过水瓢时总会发现，水上漂着一层草末或米糠。这让行路人在喝水时很费力，必须吹开水上的杂物，喝上一小口，再吹开，再喝一小口。

原本清澈的井水，却被撒了草末和米糠，表面看来是施水于人的主人心存不良，但是行路人却要因此感谢主人。原因是行路口渴的人，突然见到清冽的凉水，往往会禁不住诱惑暴饮而下，冷热交加，会造成胃肠痉挛，严重者会危及生命。

谁会想到，这些漂在水上的"麻烦"，其实是一种保护和关爱。

每到夏天，北极大陆边缘便蚊蝇肆虐，因纽特人饱受蚊虫叮咬。蚊虫，成了他们生活中最可恶的麻烦。但是，因纽特人不但不反感这些蚊子和苍蝇，反而视这些蚊虫为神物。

原来，蚊虫在叮咬爱斯摩人的同时，也在骚扰着草原上的驯鹿，驯鹿无法忍受叮咬，就纷纷奔向寒冷的北部。因纽特人熟知这一规律，便在鹿群经行处设置陷阱，捕获它们，晒制肉干；这样，他们一年的口粮便无忧了。

对于因纽特人来说，叮咬他们的蚊虫是可恶的麻烦，但更是他们赖以生存的力量。

小兴安岭盛产一种叫毛榛的坚果。榛树是一种灌木，其中一种生满尖刺，另一种却光滑无刺。林中的桦鼠喜食毛榛。带刺榛树上的毛榛很小，桦鼠在采食时，须小心翼翼，以躲避锋利的尖刺；而不带刺的榛树往往长得高大，果实也个大饱满。但是，桦鼠却宁可披荆斩棘，也对后一种毛榛视而不见。

桦鼠为什么不怕麻烦，舍易取难？人们发现了这个谜底：因为不带刺的毛榛树没有危险，树丛中也就栖息着蛇、獾等其他动物。而这些动物是桦鼠的天敌。对于桦鼠来说，到不带刺的毛榛树丛中去，其实是步入险境，而带刺的毛榛树虽然给它造成了麻烦，却也成了它免受伤害的保护伞。

毛榛树上的麻烦，看似伤害，实则是一种保护。

总期盼生活尽善尽美，而美好与麻烦却是一对孪生兄弟。

人们因此诅咒麻烦，想摆脱麻烦，却忘记了，那些令人讨厌的麻烦，恰恰也是造物主给予的恩赐与庇护，因为它们的存在，万物才会得享生存之美好。所以，我们要感恩于生活中的那些麻烦。

黑蚂蚁的奉献

巴西的甘蔗田里，生存着两种蚂蚁，一种是体型比较小的黑蚂蚁，另一种则是体形剽悍、生性凶残的行军蚁。

黑蚂蚁生性温和，以植物和腐食为生，而行军蚁则是任何可以吃的东西都不放过，在饿极了没有食物时，它们甚至会吃掉身边的同伴。行军蚁最喜欢的美餐是黑蚂蚁，所以，一旦它们与黑蚂蚁相遇，就意味着黑蚂蚁在劫难逃。按照这个弱肉强食的逻辑，与强敌生活在一片土地上的黑蚂蚁，其结局必然是被不断吃掉，数量会越来越少。但事实却恰恰相反，近几年来，甘蔗田里的黑蚂蚁依然生活得很好，倒是那些行军蚁，数量在逐年下降。

为什么会这样？带着这个问题，生物学家对两种蚂蚁进行了长时间观察,结果他们有了惊异的发现。在每天傍晚的时候，浩浩荡荡的黑蚁大军都会准时返回到巢穴里，而每次都有二十多只黑蚁没能进入洞穴。生物学家开始认为它们是掉队的蚂蚁。但是接下来的一个场景却令他们动容。一天傍晚，像往常一样，黑蚁大军急匆匆地钻进巢穴，排在队伍最后面的黑蚁却没有进去。其实，它们本来是机会进去的，但它们却守在洞口，看着已经进入巢穴的同伴在里面忙碌地封闭着洞口，然后，它们开始到附近搬来沙粒，刻意地隐蔽着洞口外部，它们大约忙碌了十多分钟的时间，直到洞口和周围的环境完全融为一体，才停下来。就在这时，上千只游猎的行军蚁突然出现了。它们朝眼前的二十几只黑蚁猛扑过去，一会儿的工夫，黑蚁便被全部吃光了。意犹未尽的行军蚁又四处寻找猎物，但却始终没有发现黑蚁的巢穴入口，最后，它们开始上演同类相残的惨剧，大约有三分之一的行军蚁被吃掉了。

黑蚂蚁是非常脆弱的，失去巢穴的保护，即使没有外敌来攻击，它们也会在外部恶劣的环境中消耗尽体内的糖和水分而死去。让生物学家震惊不已的是，这种小小的蚂蚁竟然有为了集体而不惜牺牲自己的奉献精神。

正是黑蚂蚁这种舍己为人的举动，让庇护同胞的巢穴永远不会被天敌发现，这也使黑蚂蚁们能在行军蚁出没的地带一直生存繁衍下来，并且数量越来越多。而那些行军蚁虽然强大，但相残同类的习性使它们越来越少，趋于灭绝的边缘。

如果人人都能勇于去为集体的利益而牺牲，换来的就会是这个集体的繁荣与强大；如果人人都为了个人利益而相互争斗，那么这个集体灭亡之期就不会遥远了。"皮之不存，毛将焉附"，集体垮掉了，其中的个体也不会存在了。

羊
三
则

一

家里曾经饲养了一群绵羊。

每年冬季天最冷的月份，也是母羊开始产崽的时候。这段日子里，父亲和母亲每晚都是彻夜不睡。他们要轮流到羊圈里巡视，看看有没有临产的母羊。如果照看不好，母羊就会在圈里产崽，这样刚出生的羊羔就会被冻死。

其实，每年冬天还是会有许多羊羔被冻死，但这都是人为所致。我曾亲眼看到，父亲很残忍地把活蹦乱跳的小羊羔从它母亲的身边，抛到滴水成冰的院子里，羊羔求生的哀叫让人心疼，但用不了几分钟，小羊就会被冻僵。每个冬天，这样冻死的羊羔都有很多。我常常问父亲，为什么要那么狠心，让羊羔冻死。父亲说，这些被抛弃的羊羔，都是孪生的。也就是说，如果一只母羊生下两只羊羔时，就必须有一只要献出生命。我对他说，两只都留下来，将来长成了两只大羊，岂不更好？

父亲摇了摇头说，两只羊羔都留下来，后果是非常可怕的。母羊产崽后身体会非常虚弱，如果有一张嘴吮吸她的奶水，它还能承受得住，但是有两只羊羔，这会令母羊身体急剧羸弱，濒于死亡的边缘；而随着两只羊羔逐渐成长，母亲有限的奶水也将不敷它们生存所需，这样，它们都会因为营养不良而全部死掉。

所以，舍弃一只羊羔，看似残忍，其实是保全了母羊和另一只羊羔两条生命。

二

北方的冬天寒冷，生存条件恶劣，但是养羊的牧民还是希望母羊在严冬时产崽。

在人为干预下，大多数母羊都是在冬季产崽的，但也有个别的会在水草丰美、气候暖和的夏季产崽。夏季天气好，母羊将崽产在哪里都可以，小羊落地后不久就可以站起来，跟随羊群行走，这让牧民们免去了许多辛苦与操劳。

但是牧民们却不看好夏天里的小羊。夏生羊只会生长几个月，入冬以后，它们几乎就不再生长了。经过冬天再到春天，那些在冬天里、晚它们几个月出生的小羊竟会追上它们，甚至比它们长得更高。

有经验的牧民都懂得，越是在气候恶劣的环境中出生的小羊，它们的生命力越强。它们在严寒中出生并成长，锻炼着自己的体魄与意志。待到寒冬一过，阳春来临，它们也会渐入佳境，生长得更快。而夏季里出生的小羊，刚落地就过着养尊处优的日子，随着冬天到来，生存环境越来越艰苦，它们也越来越难以适应，没有了生机。而当春天再一次来临时，这些夏生羊已经被晚出生半年的冬生羊超过了。

顺境会成为生存的阻碍，逆境反而能激发生存的力量。这条规则，适用于所有的生命。

三

有一次，外公在野外放羊时，竟有两只狼冲进羊群里。他开始与狼搏斗，用羊鞭打狼，但是他打跑了前面的狼，后面的那只又钻进了羊群，打跑了后面的，前面的又来了，老人家一时顾此失彼。狡猾的狼专挑选弱小的羊羔下口，可怜的羊羔咩咩地叫着。没想到，这叫声竟激起了母羊的护犊之情。外公惊奇地发现，有几只母羊突然掉头向狼发起了攻击。它们低着头，一起向恶狼冲过去。恶狼与团结起来的母羊周旋了一会儿，也没有找到下口的机会，最终悻悻而逃，一群羊得以保全。

当时，外公家饲养着一头母猪，这头母猪很凶悍，每天晚上牧归的羊群回来时，外公都要防着它。因为它常常会突然冲进羊群里，向某只羊发起攻击。每当这时，羊群总会乱成一团，所有的羊惊恐万状，作鸟兽散。于是，母猪便乘乱咬住某只羊的大腿，伤者在挣扎中哀叫。但是，没有同伴上前来帮助它，结果往往是母猪将一只羊拖进了自己的老巢里。

外公讲这个故事时我迷惑不解：同样是羊，为什么它们在恶狼口下能保存生命，而却被一头母猪欺侮？

我的理解是：羊一旦有了勇气与责任，面对狼也不会畏惧；而懦弱的羊，猪也敢去伤害它们。

三滴水里的海

一　借一个桃子

我在一个小学教书时，曾给学生们出过这样一道题：用一元钱能买两个桃子，用两个桃核能换一个桃子，假如你有一元钱，能吃到几个桃子？

由于题太简单，学生们马上异口同声地给出了答案：能吃到三个桃子。就在此时，一个学生举手站起来说："老师，我能吃到四个桃子。"

我挺奇怪，就问他，你在哪儿弄到的第四个。孩子面不改色地说："借的。"他接着说："当我吃完三个桃子后剩下一个桃核，这时可以先借一个桃子，吃完后把两个桃核还给卖桃子的人。"

我听了不由一愣，其他同学也一片唏嘘。

从数学的角度，这个学生的答案无疑是错误的。但是把答案放在现实生活中，则是一个合乎情理的巧妙做法。

巧妙借助外界的力量，会让我们得到一份预想以外的收获。

二　贪婪的孩子没饭吃

在非洲一个贫困地区的孤儿院里，生活着十几个孤儿。

由于当地粮食紧缺，孩子们每天只能吃一顿饭。这样，每天管理人员把有限的一盆米饭端上来时，都告诉孩子们，不要多吃多占，照顾一下别人。但饥饿的孩子们还是蜂拥而上，努力把自己的饭碗盛得满满的。

只有一个孩子守规矩，每次都是先等别人都把碗盛满后，他才去盛饭；而且，他碗里的饭要比别人少很多。

但管理人员发现，尽管这个孩子守规矩，可是每天只有他能吃饱饭。原来，由于他碗里的饭总比别人的少，这样，当其他孩子还没有吃完第一碗饭时，他已经开始盛第二碗饭。而当其他孩子再去盛第二碗饭时，盆里已经没有饭了。

不计得失者，往往能收获最多；贪婪自私者，反而收获不大。

三　背着负担上路

一支军队在战斗中战败溃逃，敌军在后面追赶上来。为了跑得更快，士兵们开始丢盔弃甲，一个伙夫舍不得丢弃跟随他十几年的铁锅，就把它背在背上，一起奔逃的同伴们就告诉他，丢下这个负担吧，逃命要紧。但他舍不得丢，就背着沉重的铁锅奔跑。

敌兵追得近了，就开始放箭。结果，他周围的士兵都被箭射中了，唯有他因为背着铁锅才逃过一劫。

败军被追到了一条河边，敌军更近了，大家争相下河逃命。没想到河水异常湍急，身体重量轻的人站不住脚，都被河水卷走了。这个伙夫因为背上那口沉重的铁锅，就稳步走到了河对岸。

不要为背上的负担苦恼，有时，它可以让行走的脚步更坚实。

不要被自己击倒

　　第一个故事：我曾经有一个朋友，是一个出类拔萃的青年教师，五年前，他因为胸部疼痛去一家医院检查，结果他拿到的是确诊为肺癌的化验单，回到家，他便倒下了，再也吃不进一口东西。从此，他目光呆滞，惶恐不安，日渐消瘦，不到六个月，这个生龙活虎的年轻人便病入膏肓了，家里为了他耗尽所有钱财，仍未挽回他的生命。

　　今年四月，这家医院因为管理混乱、造成很多医疗事故而被媒体曝光，接着被卫生部门全面检查，许多令人吃惊的错误被公布于众。

　　一天，一个男人来到我朋友的家里告诉他的父母：医院在五年前把化验单弄错了，确诊为癌的本来是他，而朋友当年的化验结果为：肺感染。

另一个故事：美国的科学家不久前做了一个试验：把一只小羊和一只狼关在一起。狼是拴着的，吃不到羊。但是羊却可以听到狼可怕的叫声、看到狼凶巴巴的样子。而另外一只小羊是单独关起来。八个月以后，单独圈养的羊膘肥体壮，但是和狼关在一起的那只，永远是一只长不大的小羊，后来逐渐就僵掉了，再后来就变病羊了，最后成了一只死羊。

与一个心理学家聊天时，他告诉我，我的朋友和那只羊的确都是病死的，但这个病的病根却是源于内心，心理脆弱的人会接受外界刺激，然后转变成压力强加给自己。这种压力不断地变大变大。最后就把自己给压垮了。

外力往往不能摧毁一个人，包括疾病，灾难。能摧毁我们的，其实是我们自己。

浇灌自己的生命

　　以色列的内盖夫沙漠，是世界上最干旱最贫瘠的地区之一。这片沙漠里，每年平均降雨量不到七十五毫米，干旱恶劣的生存条件，让这里几乎成了生命禁区。

　　2008 年夏天，以色列法海大学的三位科学家在内盖夫沙漠进行生物考察时，意外发现了一种叫沙漠大黄的植物。令他们惊讶的是，这种植物并非如仙人掌等沙漠植物那样，依靠耐旱的本领苦熬着存活；相反，它们看起来并不缺少水分的滋润。在干涸无水的环境中，它们竟然伸展着肥硕碧绿的叶片，绽放着娇艳欲滴的花儿，并结出颗粒饱满的籽实。与所处的环境相对比，沙漠大黄优裕的生存状态简直要用神奇来形容。

　　按常理说，为了减少水分蒸发、维持生存，干旱环境中的植物都会选择细小的针形叶片，而沙漠大黄则是叶片肥大，好像根本不在乎水分散失。这是为什么?

在经过仔细观察后,科学家们在沙漠大黄的叶片上发现了不可思议的生存奥妙。每一株沙漠大黄,都有几片硕大的叶子,叶片紧贴根部四散生长,在地上摊开很大的面积,而这些叶子的表面,迥异于正常的植物叶片:每一片叶面上,都疙疙瘩瘩,分布着凸凹不平的纹理,像是布满了沟谷与山脉。如果向叶片上滴一滴水珠,立刻,这点水便会毫无保留地沿着叶片上的"沟谷"流向自身的根部。这样,整株沙漠大黄的叶子就似一套错综复杂而又科学合理的自灌系统,将可能收集到的水源全部导流到根部。

这些神奇的叶片激起三位科学家极大的兴趣。在进行长时间的专门研究后,他们计算出一组惊人的数字:一株沙漠大黄,依靠这种方式,每年可以积聚四点二升水,而植株大一些的竟可以积聚四十三点八升水,这些水会完全汇集到根部,下渗到地表以下十厘米处,完完全全地浇灌自己。这要比落到沙漠表面的水渗透幅度深十倍。平均下来,沙漠大黄的叶子可以让自己积聚到比该地区其他沙漠植物多达十六倍的水。这种结构使沙漠大黄积聚的水量相当于地中海气候的植物。

内盖夫沙漠的恶劣环境是可怕的,这让那些习惯于逆来顺受、"靠天吃饭"的植物在这里被灭绝、被淘汰或勉强残存。而沙漠大黄却穷则思变,它们在进化中积极改变自己的叶子,生成一套收集雨水、自我灌溉的系统。这让它们尽管身处绝境,仍能让自己生机勃勃地吐露芬芳。

　　沙漠大黄的生存方式再一次给我们以成败的思考：相同条件下，有些人失败，是因为他们常常习惯依赖环境来成就自己；有些人成功，则是因为他们能在环境中改变自己来积极自助。

天台上的树

办公楼的天台上，生长着一棵白杨树。

每天上下班，我一仰头都能看到这棵树。与地上的树相比，它显得很矮，枝叶也不茂盛，但由于立足于几十米高的七层高楼，使它的高度远远超越了其他树木。

因为身居高位，它享受着充足的阳光，拥有着广袤的蓝天。因为高高在上，地上的树木只能在它的下面仰望它，膜拜它。它立于高楼上，俯瞰着满城的糖槭、云杉、白桦、丁香、京桃……大有一览众"树"小的气势。

我在把地上的树和它作过比较后心生感叹：地上的树长得再高，也难以企及它的高度了。

每当远远地望着这棵树，我都会这样想：它真幸运，竟长在了七层楼的天台上，它可能是世界上最幸运的树了。有时，我会把这棵树和这栋楼里某些高高在上的人作比较，想起他们如这树一般，处于我仰视的高度，便不由心生自卑与嫉妒。

终于有一天，我有幸登上了天台，头一次近距离地看着这棵仰望许久的树，我的心情相当激动。当我仔细观察眼前的这棵树时，我被震惊了。我想象不出来，这棵树是如何生存的。

整个楼顶全部由混凝土浇筑，比石头还要坚硬，没有一点生命迹象。所幸建筑工人把一块空心砖遗落在这里，而这棵树就扎根在这块空心砖的镂空里，风带来的一点灰尘泥土，积留在砖孔里，这是树唯一的养料了。

干旱是最可怕的敌人，而树木生存必须要有水。天台上的树，没有人会来给它浇一滴水，它只能靠未知的雨水度命。很长时间不下雨，它就不得不苦挨着生命，并随时有可能干枯而死，直到有新的雨水落下。风是另一个可怕的敌人，扎根在一块几公斤重的砖块里，它的根基脆弱程度可想而知，它随时都有被风刮倒的危险。严寒是它的第三个敌人。在北方，为了能让街边的树度过冬天不被冻死，人们要用厚厚的稻草把树捆扎起来。但是，整个冬天，天台上的树从根到枝，几乎全部裸露在平均零下三十多度的天气里。让人无法相信，它能战胜一个又一个寒冷的冬天。

仔细想想，天台对这棵树而言，绝对是一片危机四伏、劫难重重的死亡之域。在这里，它每时每刻都在挑战着生存的极限。无人知晓，它平静的外表掩藏着多少生与死的抗争！它能存活下来，应该算个生命奇迹了。而地上的树，永远无法知晓它的生存方式。

天台上的那棵树，是在付出超过其他树木千百倍的代价、经历其他树木想象不到的折磨与摧残后，才能立于令同类仰视的高度。

由树想到人，人们总在为别人比自己的地位高而心生自卑与嫉妒，却忽略了立于高处要付出的成本和代价。

瑙鲁人的得与失

　　瑙鲁，位于南太平洋西南部的密克罗尼亚西群岛中，是世界上最小的岛国。1789 年，英国人约翰带领"猎人号"捕鲸船经过这里时，见岛上风光秀美，土著居民安居乐业，便称这里为"舒适岛"。据英国人记载，当时他们看到的瑙鲁人是比较美丽的人种，骨骼匀称，身体修长，寿命也很长。他们虽然生活艰苦贫困，但却乐观向上，在岛上种植热带植物，并划着轻快的独木舟遨游大海，捕获鱼类。

　　一百年后，一段木头从瑙鲁漂流到澳大利亚，并引起了澳大利亚化学家的兴趣。在对木头进行化验后，他们得出结论：瑙鲁拥有世界上最丰富的磷矿。千百年来，有数不清的海鸟来到这个小岛上栖息，在岛上留下了大量鸟粪，经年累月，这些鸟粪发生化学变化，形成了一层厚达十米的磷酸盐。接下来，数以百万吨的磷酸盐被运往新西兰和澳大利亚，为瑙鲁换来大把大把的金钱；于是，瑙鲁人变成了生活在"印钞机上"的国家。

由于钱多到花不完，瑙鲁建立了世界上独一无二的国民福利制度。几乎不用花钱，瑙鲁人便能得自房屋和水、电，通讯等各种公共服务。岛上有两座医院，病人全部得到来自澳大利亚专家的照顾，而费用全部由国家承担。瑙鲁人上学也不用交学费，并且有不少孩子选择到国外的学校学习，这些费用也全部由国家支付。为了人民出行方便，这个土地面积只有二十平方公里的小国一度曾拥有五架波音客机，人民坐飞机就像坐公交汽车一样简单，并且无须买票。

一切免费，衣食无忧的现状，完全改变了瑙鲁人的生活方式。他们再也不需要像从前那样辛苦劳动了，虽然当地鱼类资源丰富，但是他们连捕鱼的兴趣也没有了。鱼类要从邻近的国家进口。他们每天要做的就是开着车环岛兜风，或享受各种美食。在任何人眼中，这个太平洋中的小小岛国都可以称得上"人间天堂"。

但是，"天堂"中也暗藏着想不到的危机。由于衣食无忧，瑙鲁人不再去劳动，整天吃喝玩乐，这使瑙鲁人营养过剩，进而是形体和寿命都发生了变化。他们形体不再修长俊美，而是变得臃肿不堪，一项生理指标调查显示，瑙鲁有百分之九十五的国民身体肥胖。这一水平远远高于地球上其他的国家。正是肥胖让高血压、脑中风、心脏病等富贵病缠上了瑙鲁人，他们的发病率居于世界首位。曾经长寿的瑙鲁人，如今平均寿命只有五十五岁，这让瑙鲁跻身于世界最短命国家之列。

许多人都曾梦想过，有朝一日上天能眷顾自己，令自己突然能摆脱平淡与贫困，过上富足优裕的生活。这个梦想被瑙鲁人实现了。但是，瑙鲁人却为此付出沉重的代价。所以，不要为失去而悲伤嗟叹，也不要为获得而沾沾自喜，上天是最公平的，它给予你多少，你就要付出多少。

狼毒花的坚守

每到春夏之交，内蒙古东部的广袤山野都会被一种花儿主宰着。干旱贫瘠的荒野里，几乎看不到一棵草的影子，只有一簇一簇的花儿，点点绯红，片片雪白，美得令人眩目。就是这种美丽的花儿，它的根、茎、叶却都含有毒素，在植物学上，它有个令人厌恶的名字：狼毒花。

如果把时光的指针调回到二十年前，这片区域被称为山地草原。如果站在这里，我们看到的完全是另一番景象：各种花草共生共存，欣欣向荣。在这些植被中，也有狼毒花的影子，但它们所占的比例很小，甚至可以被忽略掉。

因为没有外来的破坏和干扰，这里的每一种植物都能守住自己脚下的土地，这也使它们一直保持着稳定的种类多样性。正因为植物群落的制约，狼毒花的数量一直很少。

　　然而，人类的贪婪打开了大自然的潘多拉魔盒。大约在十年前，当地人在金钱的驱使下，开始大兴畜牧业，从外地引进大量绵羊。一时间，数以万计的绵羊，蝗虫一般，反复啃食着这片草原，除了有毒的狼毒花，其他的植物都难逃羊口。

　　日复一日，年复一年，过度放牧终于让草原不堪重负，从前植被浓密的山地草原成为光山秃岭。草被吃光了，羊群又开始啃食地下的草根。更可怕的是，羊群长时间的无情踩踏，使土壤下的砂石慢慢裸露出来。植物消失殆尽，土壤沙化严重，这片区域渐渐退化为荒漠。

　　在这场灾难中，唯有狼毒花得以幸免，并成为最后的赢家。没有了其他植物的制约，一直默默蛰伏的狼毒花开始大显身手。虽然生存条件恶劣，但狼毒花拥有发达的根系，这使它能汲取地表深处的水分，使自己变得强大，并孕育出更多的植株，不断覆盖着一片又一片的土地。

　　只有当生态环境恶化到了极点，人们才开始觉醒，开始封山禁牧，种草种树。但此时，由于土壤干旱贫瘠，狼毒花又吸食了土壤中的水分，其他植物已经很难再落地生根了。植物学家的研究表明：狼毒花的泛滥，是草原荒漠化的一种灾难性的警示，是生态趋于恶化的潜在指标。只要狼毒花盛开的地方，就意味着这里的生态环境已被破坏得很严重，已经无法自然恢复了。于是，据此，人类给狼毒花贴上了"恶之花"的标签。

　　事实上，生态恶化并非狼毒花的过错，人类才是破坏环境的罪魁祸首。退一步思考，狼毒花能在荒漠中"泛滥"，这何尝不是它非凡生命力的证明？在其他植物都望而却步的生命禁区中，狼毒花能生根、成长、开花、繁衍，这份坚守的品格，给人以勇气和希望，更值得我们去赞美和尊敬。

第六辑

真情·轨迹

一个人生命中的得与失，总是守衡的。我们在一个地方失去了，就一定会在另一个地方找回来，因为上帝送给每个人的都是两扇窗子。当他关闭了其中一扇时，就必然会为你打开另外一扇。

穿旧皮鞋的孩子

他出生于英格兰西部坎伯兰的一个贫苦家庭，因为家庭经济条件常年拮据，父母靠节衣缩食才勉强让他念完小学和中学。他从来不讲究穿戴，不和同学攀比，因为他深知自己每一分学费里都渗透着父母的汗水，他对父母唯一的回报就是刻苦认真地学习。

由于成绩优秀，中学毕业后，他被学校保送进了威廉皇家学院。这所学校里的学生，大多数是有钱人家的子女，所以，衣衫褴褛的他就成了另类。那些不知贫穷艰辛的富家子弟，见他穿着寒酸，不但没有伸出同情和友谊之手，反而还经常讥笑、讽刺、奚落他，把他当作开心的点心。他在校园里行走时，习惯了低头的姿势。

一天早晨，他穿着一双旧皮鞋走进了教室。那一瞬间，所有同学的目光都聚集到了他的脚上。这是怎样的一双皮鞋呀！又旧、又大，与他脚一点也不相称。于是，大家根据鞋不合脚进行了一番推理，结论是：这个穷小子穿的破皮鞋一定是偷来的。有几个同学们还起哄说要把他从学校赶出去。一时间，整个校园里都流传着他是一个小偷的传闻。一些学生还到校长那里告了他的状。

他很生气，真想去揍那些造谣的家伙，教训他们一顿；但他更明白，这里是富家子弟的天下，自己是穷人的儿子，如果真打起架来，触犯了校规，倒霉的肯定是自己。他咬紧牙关，把眼泪咽到肚子里，尽量克制自己。他没有想到，谣言重复多次就会变成真的。一天晚自习，在没有任何征兆的情况下，校长突然带两个校警走进教室。校长把他叫到前面，双眼死死地盯着他的双脚，然后让校警去搜他的书包。整个班级里鸦雀无声，那几个造谣的同学幸灾乐祸地期待着书包里的发现。

"校长先生，除了书本和一封信，什么也没有。"两个校警说。"把那封信拿给我看。"校长要过那封折得发皱、磨得起毛的信，撕开信封，展开信纸，在学生们的注视下，他开始读起来。

"孩子，刚提起笔，我就要流下眼泪，因为想到了你穿着那双又大又破的皮鞋走在校园里的情形，我的脚是四十码的，而你的脚才三十五码，那双鞋你穿着一定不合脚，我总是梦到别的孩子拿那双鞋取笑你，孩子，希望你不要自卑，记住，穷人也一样会有出息的。最后，请原谅你贫穷的父亲吧，连为你买一双皮鞋的钱都没有……"

读着读着，校长的嘴唇竟颤抖起来。而他，再也忍不住了，"哇"的一声扑到校长的怀里痛哭起来。这哭声，诉尽了他经受过的所有不公。那一刻，整个教室里沉寂之极，紧接着，一片啜泣的声音慢慢响起。

从此以后，他不再低着头走路，他决心要为贫穷的父亲争口气。就这样，他竟从贫穷里获得了无穷的动力，他的学习成绩从此一直都是最优秀的。而原来的那些同学、老师、校长也开始对他刮目相看。

后来，这个穷人的儿子在事业上硕果累累。从 1907 年起他一直是英国皇家学会会员。1935 年，他又被选为皇家学会主席。他曾担任全世界十六所大学的名誉博士，而且是世界上一些主要学会的会员。他获得过的奖章和奖金不计其数，其中最引人注目的是他和他儿子共同获得了 1915 年度诺贝尔物理学奖。

他的名字叫亨利·布拉格。

换个角度来看，贫穷往往会是一种无穷的动力源泉，对待贫穷的不同心态，导致了一些人永远贫穷，而使另一些人走上了别人难以企及的生命之巅。

铁
匠
的
儿
子

　　在伊朗德黑兰东南一百公里的阿拉丹村，有一个贫穷的铁匠，他有七个子女，为了能让孩子们活下去，这位父亲要整天不停地打铁。

　　有一个孩子特别懂事，七岁那年，他就成了父亲的帮手。每天，他都要站在火红的铁炉前给父亲当助手，铁锤的敲击声伴他度过了童年岁月。贫穷的日子如同火与铁，铸就了他坚强的性格。

　　为了能让孩子们有更多机会，铁匠父亲把家从乡下搬迁到了德黑兰南部的贫民窟。虽然家境贫寒，但父亲不再让他打铁，毅然把他送到学校去读书。虽然吃不饱饭、没有衣服穿，但一想到艰辛打铁的父亲，他就充满了学习的热情。每天放学后，他仍像从前一样与父亲一起抡铁锤。他从不把贫穷当成可耻的事，而是作为奋斗的理由。从小学到高中，他一直力争成为所有同学中最优秀的。老师和同学们也没有因贫穷而看不起他，反而都夸他是"坚强的铁匠儿子"。

十九岁时，他在全国高考中以第一百三十名的成绩考入伊朗科技大学，攻读土木工程专业，他是这所学校里最贫穷的大学生，他同时也是所有学生里最勤奋的人。天道酬勤，1997年，他获得交通运输工程博士学位。

贫穷也塑造了他为人朴实、平易近人和善良的性格。每到新年，他都会邀请邻居们一起庆祝。他生活简朴，每天上班时自带午饭；他经常出入大街小巷，了解百姓生活；尽管自己也不富裕，却塞钱给肉铺老板，要对方打折卖肉给其他穷人。2003年4月，他成为德黑兰市市长，2005年6月25日，在伊朗总统竞选中，这个铁匠的儿子以高票当选新一届总统。

这个孩子叫艾哈迈迪·内贾德。

内贾德当选总统后，他的财产清单更是震惊了全世界：一套住了四十年、连沙发都没有的老房子，一辆近三十年、连空调都没有的老爷车，两部电话，两张数字为零的活期存折。这就是他的全部家当！

人们总是害怕贫穷，因为它是一种困境，但对那些坚强乐观的人却是一种成长的佳境。贫贱不能移的态度，最终造就了内贾德，使这个铁匠的儿子一步步成长为总统。

总统是怎样练成的

　　他出生在巴西东北部伯南伯哥州的一个农民家庭里，他是这个贫苦之家的第八个孩子。

　　所以，他不是父母的喜悦，而是沉重的负担。父亲为了养家，只身前往圣保罗桑托斯港做工，母亲一人要照顾他和他的七个兄弟，这是非常艰难的事情。

　　童年的幸福对他短暂得如昙花一现。十二岁那年，他就开始到街上擦皮鞋、做报童挣钱贴补家用。他在街上经常受到欺凌，但他总咬着牙，回到家后只字不提。十四岁时，他已正式在一家金属工厂上班，每天十二小时的繁重工作和频繁的夜班，让灾难降临到他的头上——他左手的小拇指在一次工作中被车床无情碾去，黑心的工厂主只给他一点微不足道的赔偿。身体和心灵的伤痛没有让他退缩，反而使他暗下决心：出人头地，捍卫自己和所有生活在社会底层人的权益。

二十二岁时，他加入了冶金工人工会，由于他肯为工人说话，处处维护工友们的权益，而得到了众多工人的拥护。但打击却又接踵而来，他的妻子因为难产而去世。一个刚刚组建的幸福家庭就这样夭折了。他擦干眼泪，斩断伤痛，重新振作起来，继续为穷人的利益奔走呼吁，但不幸再次光顾了他。1980年4月，在准备发动一次罢工前，他被逮捕，并被判处三年半的监禁。他的世界一下子昏暗无光，在狱中，他受尽寂寞，须发皆白，但那颗坚强的心却没有丝毫的屈服和退缩。在人们的惊讶中，他又重新出现在阳光之下。

1989年，巴西举行总统大选。他满怀信心地参加选举，并以三千一百万张选票顺利进入第二轮。不幸的是，他遇到了更加强劲的对手，并在最终的投票中败北。

输了大选，却没有输掉信心。他重整旗鼓，再接再厉。1994年，他再一次参加总统选举，这一次，他遇到了更强的对手，又一次败在了对手面前。他卑微的出身和只受过小学五年的教育一度成为对手的笑柄。然而，不屈服的性格让他越挫越勇，屡败屡战。几年后，他第三次参加总统选举，却依然没有成功。

任何人都会以为，三次的失败和打击，是可以击垮他的。但事实并非如此，他对自己充满信心。经过卧薪尝胆，他第四次向总统宝座发起了挑战。

　　这次，他以绝对多数的优势当选为巴西新一届总统，这位巴西历史上第一位贫苦工人出身的总统叫卢拉。

　　回顾自己的人生历程，卢拉这样说：人生中的每一次失败，对你而言都是一次丰厚的收获，因为，每与失败较量一次，都昭示着你向成功又迈进了一步。而最终能成功的人，往往是那些曾饱经失败磨难的人。

每个人都有两扇窗子

　　他是一名警察，一个不一般的警察，因为他有着过人的听力。

　　他凭借窃听器里传来的嘈杂汽车引擎声，就能判断犯罪嫌疑人驾驶的是一辆标致、本田还是奔驰；当嫌疑人拨打电话时，他能根据拨打不同号码的声音差异，分辨出嫌疑人拨打的电话号码；在监听恐怖嫌疑人打电话时，他通过房屋墙壁的回声，就可以推断出嫌疑人此时身处机场大厅，还是藏身于喧闹的餐馆，或是在呼啸的列车上。

　　由于听力超群，他可以辨别不同语言发音的细微差异。这让他成为一个优秀的语言学家和训练有素的翻译。他会说七国语言，包括俄语和阿拉伯语。他还自学了塞尔维亚语和克罗地亚语。可以说，他的脑子就像图书馆一样会集了各种口音，而正是这种语言能力使他成为警局中对抗恐怖主义和有组织犯罪的珍贵人才。

他曾协助同事追捕一名毒品走私犯，但狡猾的毒贩在打电话时故意操一口摩洛哥口音，他听了窃听的电话录音后推断说，嫌疑人应该是来自阿尔巴尼亚。果然，毒贩被逮捕后证实了他的说法。在一起反恐案件中，警方根据他的的监听分析报告，成功铲除了一个恐怖组织，维护了这个国家的安全。

他从警的时间不长，但他利用听力的优势，窃听到了大量珍贵线索。很多疑难的大案、要案，都在他的耳边迎刃而解。他屡立奇功，获得过各种奖励和荣誉，乃至被称为是警队里的"超级英雄"。

没见过他的人，都会羡慕他那神奇的听力和他得到的那些荣誉。但谁也不会想到，这位超级英雄手里握着的不是手枪，而是一根盲人手杖，他身边通常没有警车而是跟着一只导盲犬。他叫夏查·范洛，是比利时警察局的一名盲人探员。

因为双目失明，范洛从小时候起，就不得不努力倾听周围的一切声响，以来辨别自己到底身处何方，来躲避身边的危险。因为看不见，从小到大，他在过马路时经常会撞到别人身上，或被一些车撞倒，这令他总是伤痕累累。他也没办法，因为眼前是永远挥不去的黑暗。他恨上帝的不公平，他变得自闭，自暴自弃。直到十七岁那年，他因判断失误，撞在了一辆响着铃的自行车上。

骑自行车的是个同他年龄相仿的女孩，她被他撞倒后很生气，冲着戴着墨镜的他大声质问："你为什么要故意撞倒我，看不见吗？"他当时身上撞得也很痛，就激愤地说："是，我是个瞎子，怎么样？"

"铃按得那么响，不会用耳朵听吗？"女孩丢下这一句话，扶起自行车愤怒地离开了。他愣在那里，回味着那句话，才突然想到了自己的耳朵。

从此，范洛开始锻炼自己的听力。他在各种场合，用各种声音来训练自己的听力。他不知吃过多少苦，流过多少汗，受过多少伤，但他一直没有放弃，十几年的艰苦练习，让他练就了天下无双的敏锐听力，直到自己进入警队，成为比利时警界里"失明的福尔摩斯"。

范洛从不忌讳别人说自己是个盲人，他常说：如果我能看到光明，那我现在可能还是一个平庸的人，正因为我看不见，我才会专心致志地去听，结果我听到了别人无法听到的声音。

一个人生命中的得与失，总是守衡的。我们在一个地方失去了，就一定会在另一个地方找回来；因为上帝送给每个人的都是两扇窗子，当他关闭了其中一扇时，就必然会为你打开另外一扇。

我要去巴黎

第一次世界大战结束后，他只有两岁，靠种葡萄为生的父母带着他迁居到了法国。父亲不懂法语，在法国找不到工作，所以，这个家庭陷入了贫困的危机，并在温饱线上苦苦挣扎。

1934 年，十三岁的他勉强小学毕业，为了生计，就不得不辍学到一个小裁缝店当学徒。正是这份工作，让他对服装设计产生了浓厚的兴趣。虽然吃不饱饭，他却经常空着肚子跑到剧院的舞台后面去观察演员们的绚丽衣着，然后仔细地揣摩这些衣着的造型。有时，他喜欢站在百货商店外面，痴迷地看着橱窗里的那些新款服装，回家后便异想天开地在本子上画一些奇怪的样式。他的父母没有想到，孩子的这种自娱自乐，竟会成为他一生的事业。

十九岁那年，他骑着一辆旧自行车，驮着一只破木箱，来到了向往已久的巴黎。结果到了那里，他才发现自己连住的地方都找不到。吃不饱睡不安，他只好四处流浪。不久，第二次世界大战爆发了，乱世之中，他再遭噩运，因为一次偶然事件，他被关进了监狱，饱受炼狱生活的折磨。虽然失去自由，但他对服装设计的喜好依然不改。没有纸和笔，他就用手指在牢房的地上画来画去。两年后，他终于获释，身无分文的他又开始四处游荡。直到走投无路时，他才不得不离开巴黎，来到法国南部城市维希，重操旧业，在一个服装店做学徒。

这是一份来之不易的工作，所以，他非常用功。他一丝不苟地学习，掌握制衣的每一个细小环节。经过三年清苦的学徒生涯，他逐渐成为店里最好的裁缝。但他一直想念着巴黎，认为只有那里才是自己的舞台。

1945 年，他重返巴黎，在一家叫"帕坎"的时装店做设计。当时，许多社会名流都在这里定做服装，设计师的压力可想而知，由于不堪重负，每天都有设计师被淘汰。所以，老板对这个学徒没有抱太大的希望。但他从这个最艰难的挑战中看到了人生转机的希望，他决定全力以赴。为了能设计出让顾客满意的服装，他寝食难安、绞尽脑汁，那些日子里，服装设计是他生活的全部，甚至连吃饭、走路也在想着这些。一天，当他在大街上行走时，一位漂亮的姑娘让他眼前一亮，姑娘全身的线条恰到好处。他想象着，如果她穿上自己设计的服装，一定会令人耳目一新。于是他不由自主地跟在了姑娘后面。发现有人跟踪，姑娘便拐进一条胡同拼命奔跑起来，他却穷追不舍。姑娘终于发怒了，警告他如果再跟着自己就报警。他此时才醒过神来，诚恳地告诉她，自己是一个服装设计师，见她的身材条件优秀，想请她做模特，跟着她，只是怕失去这个机会。

正是这种痴迷，让他的创造能力得到了一次次飞跃，成为时装店里最优秀的设计师。但他并未就此满足，他决定凭着学到的知识，来开创自己的一片天地。三年后，他在租来的简陋小屋里，第一次推出了自己的女装设计，结果一举震惊了整个巴黎。

一个地地道道的农民的儿子，一个没有读过几天书的小裁缝，在战胜苦难与孤独之后，终于与成功牵手。直到现在，他仍然主宰着全球时尚领域最前沿的部分，成为名副其实的"天下第一裁缝"；他的名字叫皮尔·卡丹。

很多人在与苦难的斗争中败下阵来，而只有那些一直坚持到最后的人，会成为为数不多的成功者。所以，千万不要拒绝苦难，因为苦难的下一站往往是成功。

苦难洗亮黯淡的人生

　　她出生在伊朗东北部一个贫困的家庭。父亲做苦力，母亲给人家帮佣，勉强维持着一家人的生存。所以，她刚刚出生，就掉进了苦难里。

　　困于生计，她六岁时随父母移居到非洲的津巴布韦，她在那里入学，和黑皮肤的孩子成为同学和玩伴。她本应该无忧无虑地享受童年时光，但灾难却不期而至。十二岁那年，她小学还没有毕业，却突然得了眼疾。她眼里的世界一下子都模糊起来，就连书本上最大的字也看不清楚了。那天，母亲带着她离开校园时，她几次回头，也看不清曾经熟悉的老师和同学，她绝望地痛哭流涕。黑暗的世界里，她每天在地狱般的孤寂与痛苦中苦苦挣扎。为了安慰她的情绪，母亲每天晚上回来，都要给她讲一些外面的见闻。白天，父母都出去做工了，没有人来陪她，为了打发时光，她就把听到的那些见闻编成许多感人的故事；没想到，父母听了她的故事后，竟被感动得泪流满面。

十六岁时，她的视力渐渐恢复了正常，看着家里的窘境，她主动向父母要求出去做工，赚钱养家。她找到的第一份工作是电话接线员，每天从早到晚地工作，能赚到买一块黑面包的钱。一块黑面包，她也很满足了，因为这就解决了全家的晚餐问题。但是好景不长，不久，她就因为接错了一个重要电话而被解雇了。于是，她又开始四处寻找工作；最后，她给一个有钱人家的小孩做保姆。这是个不听话的孩子，没办法，为了哄他高兴，她就编各种各样的故事讲给他听。直到有一天，孩子的父亲偶然听到了她的故事，这位博览群书的男主人对她说："你讲的故事很精彩，出自哪本书呢？"她害羞地说是自己编出来的。男主人吃惊地对她说："一定把你的故事都记录下来，有一天，你也许会成为作家呢？"这番话，对只有十六岁的她来说，不过是一句笑话罢了，因为她每天要面对的，还是贫穷的现实生活。

二十岁时，她结婚生子了。她憧憬着，自己的人生之路从此会铺满灿烂的阳光。但她没想到，婚姻却成了她生命中的一个劫。婚后第三年，那个她认为可以依靠的男人，就突然销声匿迹了。他拿走了家里所有的财物，扔下了三个幼子和支离破碎的家。想着茫茫的人生之路，她恐惧、心痛，不知道自己的未来在哪里。为了排遣苦闷，她又开始提起笔来写被自己称为故事的小说。写小说，成了可以让她逃避现实、排遣痛苦的方式。

三十一岁时，她发现自己实在无法养活三个年幼的儿子了。望着骨瘦如柴的孩子，她做出了一个大胆的决定：离开贫困的津巴布韦，到外面的世界寻找生机。她带着孩子离开津巴布韦、经南非开普敦搭乘客轮前往英国。万里飘摇的轮船上，她两手空空，囊空如洗，此时，她全部家当只有背包中的一部反映非洲生活的小说草稿。

刚刚下船，问题就来了。没有食物，没有住处，孩子们嗷嗷待哺，她那颗母亲的心如同刀割，她拿着自己唯一的筹码——那部长篇小说的草稿到一些出版社去碰运气。结果，她处处碰壁，受尽白眼和奚落。没有人会相信，一个非洲来的流浪女人会写出可以一读的小说来。但她没有别的路可走，她不敢放弃，因为这是自己和孩子们的唯一机会，在半个月的时间里，她几乎敲遍了伦敦所有出版社的大门。直到有一家出版社同意以《野草在歌唱》为题出版她的小说。

包括她自己，任何人也没有想到，这部非洲题材的小说出版后竟吸引了无数读者，整个伦敦出版界在一夜之间都认识了这位带着三个孩子的年轻母亲。

一部小说的成功，让她看到了人生的希望和生活的方向——继续写故事，写小说。童年以来的苦难与坎坷经历，都成了她创作故事的素材。贫苦的出身，使她对弱者有着天然的亲近与同情；对人性的深切关注，又使她以强烈的社会责任感勤奋写作。结果，她在写作的道路上一发而不可收，结下了累累硕果。

从 1952 年开始，她用十七年的时间，创作发表了《暴力的孩子们》《金色笔记》等多部长篇小说。她的作品越来越受到人们的关注，但与此同时，一些诋毁和攻击也如风暴般袭来。有些人说她的小说是狭隘思维与偏激思想的混合物，有些人干脆说那是垃圾。她宠辱不惊，唾面自干，埋着头继续写自己的小说。她相信：只要坚持笔耕不辍，总有一天，人们会理解自己的那些故事，并喜欢这些故事。

时光荏苒，在文字中耕耘的她由少妇变成了老妇，又由老妇熬成了耄耋的白发老婆婆。有一天，当她去超市购买生活用品回来时，看到自家门口挤满了带着摄像机的人，她好奇地问那些人："你们是要在这里拍外景剧吗？"这些人就告诉她："我们是在等你呢，你不知道吗？你获得了诺贝尔文学奖。"这位白发老婆婆听了后却面无表情，而人们则呼喊着她的名字：多丽丝·莱辛。

2007 年 10 月 11 日，瑞典文学院宣布，本年度诺贝尔文学奖得主为多丽丝·莱辛，颁奖公告中这样写道："她用怀疑、热情、构想的力量来审视一个分裂的文明，以及她那史诗性的女性经历。"

这一天，距离莱辛 88 岁生日还有 11 天，她是目前获得诺贝尔文学奖的最高龄者。

回顾莱辛的一生，苦难一直伴随着她，这是一种不幸，但这又何曾不是一种大幸，正是有这些苦难的磨砺，她的人生才会光芒四射。

麻风树也有春天

在我们生存的这个地球上，有一种植物，它不但形状长得奇丑无比，而且它的茎、叶和皮都含有剧毒的汁液，一旦人的皮肤沾上这种毒汁，会被严重刺激而过敏；最可怕的是，吃下它的三枚果实，就足以致命。因为它丑陋，因为它有毒，所以人们讨厌它、畏惧它，并为它取了一个难听的名字：麻风树。

麻风树原生长在中美洲，16世纪，葡萄牙的探险家把它作为植物标本，带入了欧洲；然后，它被慢慢地传播到全世界。在这几百年里，丑陋和有毒的麻风树一直被人类排斥着、摧残着。人们只要发现了麻风树的踪迹，就会将其铲除殆尽。在澳大利亚，政府甚至以麻风树对人类和动物有害为由，禁止其进入澳洲。由于人类几百年来的歧视，世界上现存的麻风树只能远离人类，在最贫瘠、最荒凉、最干旱的地方立足。尽管处境艰难，麻风树却顽强地繁衍着、生存着。

岁月流变，随着地球上的煤炭、石油越来越少，人类开始面临能源危机。为了化解这场危机，人们开始寻找新的能源，但找了几十年，也没有找到。就在绝望之时，人们发现了被遗忘的麻风树。

科学家们对麻风树进行检测后，发布了一个令人振奋的消息：麻风树果仁出油率平均高达百分之六十四点四五，籽粒的含油率为百分之六十到八十！每公顷麻风树田可以生产出二点七吨的麻风树油，制造出约四吨的渣滓发电燃料。以此计算，八千公顷的田地，就可以发电一百五十万瓦特，可供两千五百户人家使用。这些数据告诉人们：麻风树是真正的能源之树，它将成为解决能源危机、挽救全球变暖的"救星"。

直到这个时候，人们才发现了麻风树的种种优点：麻风树人工造林容易，天然更新能力强，而且耐火烧；土地再贫瘠也无妨，因为麻风树可以在热带或亚热带地区的任何地方生根发芽，在生长的同时，还有培育土壤、防止侵蚀的功效；麻风树耐旱，它能挺过连续三年的大旱；在荒地种上麻风树，能增加地球吸收二氧化碳的能力，同时抵销了麻风树种子渣滓当作火力发电原料所产生的温室气体；麻风树的果实采摘期长达五十年，一棵麻风树可以为人类服务一生……

几乎在一夜之间，曾经令人类讨厌的麻风树变成了人类的希望和宝贝。世界各国石油公司和生物能源公司纷纷看上了它，并开始在印度、非洲南部和东南亚地区建立种植麻风树的基地。在印度，政府已规划出一千一百万公顷适合种植麻风树的土地，斯威士兰第一座麻风树发电厂预计三年内投入营运。与此同时，欧洲的许多国家都正在洽购非洲土地用来种植麻风树。

谁也不会想到，这丑陋的、流着毒液的、一直被人们厌恶和摧残的怪树，竟会是人类未来的希望，这是多么荒谬而又让人深思的事情！

虽然人树殊途，但其生存道理又何其类似，请记住这句话：不要在乎你是谁、生活状况如何，也不要在乎别人怎么对待你，你都要坚持做好你自己。要坚信自己的命运最终会否极泰来，就像麻风树也会有春天。

两条河流的
启示

　　从青藏高原雪山冰峰间流出的雅鲁藏布江，自西向东慢慢流淌。这时看雅鲁藏布江，它的上游水道分散，湖塘众多；在中游又汇集了一些支流，水量充沛，江宽水深。

　　从上、中游来看雅鲁藏布江，它同其他河流一样，并无特别之处。但是，当雅鲁藏布江流到喜马拉雅面前时，被挡住了去路。无奈之下，它不得不由东西走向突然南折，沿东喜马拉雅山脉南斜面拐弯绕行，南下注入印度洋，这样，雅鲁藏布江便被喜马拉雅山硬逼着走了一条马蹄形的弯路。而正是这段弯路，被人们称作为"雅鲁藏布江大拐弯"。大拐弯处峰险谷深，云雾缭绕，气象万千，江水流急浪高，响声隆隆，壮观异常。人们曾用"高壮深润幽，长险低奇秀"来形容雅鲁藏布江大拐弯的雄奇壮美。这条弯路，不但成了世界上最著名的峡谷，而且又是一条独特的水汽通道，它使印度洋的水汽流过喜马拉雅山，造就了青藏高原东南缘奇特的森林生态系统景观。

不要拒绝弯路，平坦的通途固然会使我们畅行无阻，但如果行走在弯路之上，我们也许会看到一片更美的风景。

……

提到伊瓜苏河，很多人都没有听说过，因为它只是南美洲的一条并不著名的河流。伊瓜苏河发源于巴西境内，由溪流汇集而成，由东向西平静地流淌。但是，就在伊瓜苏河流到巴拉那峡谷时，它却遭遇绝境：河道突然凭空消失，致使这条平缓的河流一下子跌入几百米的深渊里，支离破碎，化烟飞雾。

然而，就是这条绝路，让伊瓜苏河形成了世界最宽大、最壮丽的瀑布——伊瓜苏大瀑布。如今，伊瓜苏大瀑布已成为世界遗产，每年有来自世界各地的几百万人来观赏膜拜它。

绝境并不可怕。"行到水穷处，坐看云起时。"绝境可能会把我们逼到无路可退，但往往是在绝境，我们才会华丽转身，演绎出不寻常的生命之歌。

从『自恋』中走出来

十四岁时，他来到北京，为了生存，他整天徘徊在北京电影厂门口等待一份群众演员的角色。如果运气好，碰到有戏，每天就可以得二十元的微薄酬劳，这刚刚够一天的饭钱。这时的他，有一搭没一搭地在一些剧组里跑着龙套，后来实在没有戏了，他就跑去工地做力工以维持生活，他完全没有想过，自己以后竟会走上影视这条路，成为一名演员。

在拍《大腕》时，他碰巧在戏里面跑头套，演一堆"群众"中的一员。开机第二天，在拍戏的一个间隙，戏里的男主角，当时已是著名演员的葛优偶然摸了一下站在身边的他的头，并随意看了他一眼。其实，对于眼前的这个不起眼的群众演员，葛优这样做，完全是无意识而为之，他只是觉得这个小孩比别的小孩好玩而已。但是在他的眼里，这个动作和这个眼神却是如此意味深长。他的脸当时就红了，因为兴奋，他的心呼呼乱跳，并开始沾沾自喜地狂想："大名鼎鼎的葛优，在上百号的群众演员中只摸了我的头，一定是我的演技好，引起了他的注意。虽然我是一个群众演员，但我一定要努力演到最好。"

正是带着这种心态，他开始每天都去电影厂门口守候，一天也不落。虽然做群众演员，在戏里最多只有一个背影或一句话的戏份，但他却全身心地投入，乐此不疲，每当碰到同样漂在北影的熟人时，他总会心情激动地说："有一次葛优抚摸了我的头，看了我一眼！"结果，听到的人都笑话他自我陶醉，说他是典型的自恋。但是，他却真沉浸这种"自恋"中，他从来都没有怀疑过大腕葛优对自己有特别的期许。

当群众演员并不是天天都有活干的，也没有人一年到头只傻等着，靠做这个来生存。但是，他却是一名"铁杆"的群众演员，无论有没有戏开工，他都没有离开，直至生活一度到了山穷水尽之际，他仍然坚持下来。他内心的力量之源仍是自恋，每当有了困难时，他都告诫自己：连葛优都看重我，我一定能行的。

而恰恰是这种"自恋"，让他内心燃起了旺盛而热情的火焰，这团火焰，让他无法去辨清周围的环境如何，"自恋"使他"盲目"地自信，从而筛除了内心的杂质和他想，唯留下坚强与乐观。

机遇总是偏爱那些坚忍不拔、时刻准备的人，若干年后，他最终等到了属于自己的机会。他从一个北漂华丽转身，成为一名优秀的影视演员。他叫王宝强，是 2008 年金鹰奖最佳男主角得主。

每天鞠躬八百次

我所在的这个城市里，最近搞了一次全市十大经济风云人物评选活动。最终，最杰出的十个人从三百多名参评选手中脱颖而出。那天，我到现场观看评选结果时，居然发现了一个有价值的新闻线索。

有一个叫赵易的人，是一家餐饮连锁公司的总经理，引起我注意的是此人的年龄：三十七岁。虽然他是十个人里面最年轻的，却占据了榜眼的位置。于是，我开始仔细研究这个人的简介。结果又有惊人发现：此人出身农民，十五年前他走出农村，来到这座城市里打工，而最初，他竟在某个饭店端过盘子。短短十五年时间，一个打工仔竟会飞上枝头变凤凰，成为一个身家几千万、头上罩满光环的企业家，这中间会有多少精彩的传奇故事呢！我不敢再想下去了。打定了主意，一定要与他做一次面对面的采访。

　　说实在的，我采访过不少企业家和经理人，但是从实力和名气来讲，他们和我要见的这个赵易根本没有可比性。但我又很焦虑，因为经验告诉我，采访这样的主儿是有很大的难度的，有时你得提前一个月预约，然后要做的是像等待皇帝接见一样等他见你。可是，在约定好的时间里，他可能会突然又有重要的会议，这样，你的采访计划就不得不搁浅并向后无限期延迟。再之后，这些忙人可能会把这档子事给彻底忘了。但是，此次赵易的态度却让我惊异不已。

　　那天上午，他的助理了解到我的采访意图后，就留下了我的手机号码，然后让我等待。正当我失望着并做好了无限期等待的准备时，手机却突然响了。我无法形容自己在接通手机那一瞬间的表情和心态：因为打电话的人告诉我，他就是赵易。

　　此时已近中午，赵易问我在哪里，我说正在报业大厦的报公室里。他想了想，然后果断地说，那我们就在报业大厦旁边的正泰楼见面吧。我们边吃边聊，这样就兼顾了肚子与工作。

　　我怀着激动的心情欣然赴约，并在路上重温着准备了很久的采访提纲。五分钟后，我终于见到这位本市排名第三的经济风云人物。但是，我发现这个被市民传说的人并没有那种驭风驾云的气势；相反，他很朴素、谦和、内敛，在他身上，我看不出一点商气。

　　这家叫正泰楼的饭店生意一直很好，此时又赶在饭口上，所以，大厅里几乎就座无虚席了。赵易也不在乎，随意指了一个靠窗户的小桌子。透过玻璃，我们可以观看到窗外的街景和行人。菜还没有上来，我们开始闲谈，我记得赵易的简介上说他出身于农村，但此时坐在他对面，我却怀疑自己是在与一个博学睿智的学者在交流。无论谈到哪里，赵易竟然都能说出独到的见解，这让我很意外。

在闲谈中，我引出了正题，我问他："赵总，我在简介上了解到，十年前你曾在饭店端过盘子。"没想到赵易摇了摇头，说："没有，是那个简介弄错了。我没端过盘子。"我吃了一惊。这时，他突然指了指窗外对我说："你看那个孩子。"顺着他的指点，我才发现，窗外街道的对面也是一家大饭店，在饭店的门口，站着一个十七八岁的男孩。男孩的身上斜披着一个印有"欢迎光顾"的条幅，这让他看起来很滑稽。而更要命的是，每当有客人进出，他都要弯下腰鞠一次躬。那家饭店的生意好得很，所以，那个男孩要不停地鞠躬，鞠躬。我不觉吸了一口凉气。每天重复这样卑微而机械的动作，对一个大男孩来说这会是一种什么折磨？

"按这个饭店的客流量分析，这个男孩每天大约得鞠躬八百次。"赵易突然说了一句。我收回目光，吃惊地看着赵易："怎么会说得这么确切呢？赵总。"我不解地问他。

"我没有端过盘子，但是我曾做过两年的门童，每天鞠躬多少次，我在心里数过不知几千几万遍了。"赵易淡淡地说。

那一刻，我的左手不觉一抖，碰倒了面前的茶杯。

我告诉自己，我已经找到想要的答案了：一个人如果能每天重复这个卑微的动作八百次，那他今后的人生中还有什么不可能呢？

要么为它悲伤，
要么为它快乐

她一生下来，就缺少左前臂。助产士看到她时，彻底惊呆了。助产士小心翼翼、字斟句酌地对她的母亲说："你生了一个漂亮的女儿，她有两条腿、一个漂亮的脸蛋，可是却缺少一段手臂。"

这个致命的缺陷，伴随着她的成长，开始成为她心底的一片阴影。她经常问妈妈："为什么我和别的孩子不一样，少了一截胳膊？"母亲听后神色黯然，无言以对。

七岁时，她到了上学的年龄，为了掩饰手臂的缺陷，母亲带她去安装了一个形象逼真的假肢。她本以为，这样自己就和其他人一样完整了。没有想到，这个多余的东西竟成了她的一块心病。在学校里，她不敢穿短袖的衣服，不敢去迎握同学们伸来的热情之手，甚至不敢靠近他们。每天，她都要费尽心力去掩饰那条假手臂。她隐藏得天衣无缝一般完美，但她却感觉不到快乐，满心都是紧张和忧郁。因为行为的怪异与冷漠，使得她和同学之间出现了一道无形的墙。渐渐地，每个人都开始疏远她。一个人茕茕孑立、形影相吊地生活，让她开始讨厌那个假肢，虽然它带来了一份完整的虚荣，却让自己失去了真实与坦诚，甚至是生活的快乐。

终于有一天，她跑回家，当着母亲的面，哭着扔掉了那个假肢，她说："我再也不会戴着这个可怕的道具了。"母亲含着眼泪告诉她："没有它，你要承受许多想不到的状况。"她擦干了眼泪说："我不怕。"

她没有料到，当那条残缺的手臂暴露在所有同学面前时，自己的自信与勇敢竟被击得粉碎。无论走到哪里，她都感觉到，那截断臂被"关注"着，那感觉比戴着假肢时还要糟糕。一个陌生的眼神，一句背后的悄悄话，都会让她心惊肉跳，胡思乱想。结果，她感觉自己不可避免地又成了同伴眼中的另类。她的心灵世界里，没有一丝阳光，只有无尽的悲伤。她依然过着离群索居的生活，在悲伤中放逐自己。

那是一个周末的傍晚，她一个人闷闷不乐地走在回家的路上，就在这时，她的耳边突然传来一阵悠扬的小提琴声。循声望去，她发现那是在路边树下的长椅上，一位双眼微闭的老人正专注地拉着琴。在他的身边，围坐了十几个如醉如痴的听众。吸引她注意的不是琴声，而是老人的姿势，他的样子很怪，是用膝盖和下巴抵住了琴，一只左手在缓缓地拉着。动听的音乐就是从这里流出来的？她有些惊讶。一阵风吹过后，她才发现了老人右侧那空飘飘的衣袖。一曲结束，周围的掌声响成了一片，老人微笑着张开双眼时，正好撞着她忧郁的眼神。同时，他也注意到了她左臂的残缺，他问她："孩子，为什么你不笑一笑呢？就是因为一条手臂？"她站在那里，不知该如何回答他。

老人指着自己的右臂对她说："在失去这条手臂以前，我是一名小提琴手，拉小提琴是我最大的快乐，后来在一次意外中，我失去了它。那时，我的朋友为我惋惜，我的竞争对手当面嘲讽我，我还被乐团的老板炒了鱿鱼。但是，我仍然没有丢下我的琴，我每天在公园里学习用一只手拉琴，相信吗？它对我的影响微乎其微，因为只过了一年，我就重新找到了自己的舞台，并获得了无数荣誉。"

她听着老人的叙述，像在听一个离奇的故事。她问他："你真的能忘记那个残缺？"他笑着对她说："老想着它，就能再长出手臂来吗？绝对不会，所以，我们只有两种选择：要么为它快乐，要么为它悲伤。"那一刻，她从老人的眼睛里看到了熠熠的阳光。

从那天起，她真的快乐起来了。她发现，快乐不但让自己忘记了那个缺陷，也让周围的人忽略了它。每个人都喜欢和这个阳光快乐的女孩交朋友。这样，从小学到大学，她一直是班级里最受欢迎的人。

大学毕业后，她成为一家室内家具公司的风险控制员。就在这时，英国广播公司举办了一场"英国残疾名模大赛"，她在别人的推荐下，偶然地参加了这场比赛，没想到，这个阳光、快乐的女孩，竟闯过了一关又一关严厉的考验和淘汰，在击败了数百名竞争者后，她摘得了"英国第一残模"的头衔。

这个残疾女孩名叫凯莉·诺克丝，是目前英国最著名的模特之一。

凯莉当选"英国第一残模"后，收到了许多残疾人的来信。在信中，他们都希望凯莉能给自己一些鼓励。凯莉一一给他们回信，在每封信里，她都会这样对他们说："要么为它悲伤，要么为它快乐。选择后者，你的人生就会完美成功。"

残缺转身是绝美

他出生在美国马里兰州巴尔的摩一个普通的家庭。童年的他并不幸福,因为他是伴着父母的争吵长大的。他才刚刚七岁,父亲与母亲就离了婚,没有了父亲,他与两个姐姐和母亲相依为命。

他是个长相奇特的孩子:上下身的比例严重失调,一双手臂长得过膝,一对大脚与年龄毫不相称。这让他无论走到哪里,都会被嘲笑,他们叫他"长臂猿""大脚怪物"。

他八岁时,班级里举行棒球比赛,喜爱棒球的他积极报名参加,但是,所有的同学都表示反对。那天放学时,许多同学把他堵在了校门口,痛打了他一顿,他们说像他这样丑陋的畸形怪物,根本不配与大家一起打棒球。这次侮辱,像棒球杆一样狠狠击打着他幼小的心灵。那天,他哭着跑回家,向母亲倾诉着自己的遭遇。他问母亲："为什么我的胳膊那么长，脚那么大，以致别人都取笑我，欺侮我。"当教师的母亲面色坚定地告诉他说："孩子，你要记住，是因为上帝偏爱你，才会只给了你一双长臂和一对大脚。天生我材必有用，终有一天，它们会成为让你成功的骄傲。"

母亲的话让他将信将疑，他想不明白，自己被别人嘲笑的长臂与大脚什么时候才会"有用"，他开始在倍受歧视的环境里胡思乱想。这让他出现了糟糕的变化：他上课时不能集中精力听讲，甚至不能安静地坐着，并且经常无缘无故地去骚扰身边的同学，老师多次劝导他，他却无法管住自己。无奈，老师让他的母亲好好管教他。母亲对他的老师说："也许他太小不懂事，对听课感到了厌倦。"但老师当着母亲的面，冷冰冰地指着他的鼻子说："这个孩子不可能做好任何事情。"母亲一怒之下，带着他去一位心理学家那里做检查，结果，他被确诊患了"注意力缺陷多动症"。这个结果，对于母亲来说，如同晴天霹雳。从此，他如同一个被人遗弃的孩子，走入了人生的低谷。

为了治病，母亲试着带他去练习游泳。他和母亲都没有想到，初次试水的他，竟然能游得像大人一样有模有样，这让母亲看到了他康复的希望。从此，他每天都有很多时间泡在游泳池里，他的多动症渐渐消失了，而他也喜欢上了游泳，因为他发现，只有在游泳池里，别人才看不到自己身体的缺陷。

十二岁那年，他的人生命运发生了巨大改变。那是一位游泳教练，偶然看到了正在水中手舞足蹈的他。当时这位教练惊呆了："长手臂，大脚板，太美妙了，这身材简直就是为游泳而生的。"他听了教练的话，吓了一跳，因为他头一次听到别人在称赞自己的缺点。教练激动地找到了他的母亲，告诉她："把你的儿子交给我，我让他接受正规训练，几年后，他一定会成为一名出色的游泳健将。"

母亲听了这话，将信将疑，但为了他能健康成长，母亲同意了。那天，他羞赧地问那位教练："我这奇怪的体型真的适合游泳吗？"结果，教练的话让他血脉贲张。"在水中，你那双超长的手臂，就如同两只长长的船桨，超大的双脚，相当于脚上套了一副脚蹼，能产生极强的推力。上身长双腿短，可以说是泳池中的黄金比例。所以，从身体四肢的结构来看，你是人类中最接近鱼类的人。"

他没有想到，自己一直被别人嘲笑的超长手臂、大脚板，以及不谐调的体形，在游泳池里竟成了别人没有的优势。"天生我材必有用"，他突然想起母亲从前对自己说的那句话。那一刻，他在心里对自己说："既然我天生为游泳而生，那我一定要游得比任何一个人都好。"从此，他排除了一切杂念，专注于游泳。他每天从早晨到晚上，要游六个小时，一周七天，从不间断；以此计算，他每周要游泳十万米。每年圣诞节，当其他孩子都和亲人一起欢庆节日时，他却泡在泳池里，拼命地划水。他在心里对自己说：“我必须比任何人游得都要好，必须！”他高中毕业后，每天都是从早晨七点开始长达两个半小时的训练，中餐后稍稍打个盹，然后接着游，一直从下午三点半到六点。这时，他每天游泳的距离达到了二十公里。无与伦比的刻苦，加之教练的悉心调教，使他逐渐显露出非凡的游泳天赋。

十五岁那年，他成为入选美国奥运游泳队最年轻的选手，并在 2000 年悉尼奥运会上获得二百米蝶泳的第五名，这让面孔还很稚嫩的他引起世人的注意。2001 年，他又打破了二百米蝶泳世界纪录，成为最年轻的世界纪录保持者，并赢得了“神童”的美誉。同年，他在福冈世锦赛上赢得了职业生涯中第一个世界冠军头衔。2003 年，他在巴塞罗那世锦赛上五次打破世界纪录，四次站在最高领奖台上。凭借出色的战绩，他当之无愧地被评为 2003 年度世界最佳男子游泳运动员。在 2007 年墨尔本世锦赛上，他打破索普保持的一届世锦赛夺得六金的纪录，此外他还打破了五项世界纪录，独揽七金。截至 2007 年，他在世锦赛上已经夺得二十枚奖牌，成为世锦赛历史上夺牌最多的选手。

2008 年，在北京第二十九届奥运会上，他一共摘得八枚金牌，这个成绩打破了前美国游泳名将马克·施皮茨在 1972 年慕尼黑奥运会上一人独得七枚金牌的记录。值得一提的是，在男子蝶泳一百米比赛中，他只领先第二名零点零一秒，这不仅是他刻苦训练的结果，更是得益于那一直让他自卑的比下身还长十四厘米的超长双臂。

他叫菲尔普斯，他是曾经被人嘲笑的"怪胎"，如今却是万众瞩目的"泳坛飞鱼"。菲尔普斯从"怪胎"到"冠军"的成长历程，再次向世人证明了"天生我材必有用"这句话是正确的。一个人，不管他有多大缺点，因此遭受多大的打击，他都没有理由去自暴自弃，只要能树立"天生我材必有用"这种观念，然后去全力拼搏，那么，他将会获得比常人更大的成功。

守到黎明
见花开

2002 年夏季，我大学毕业了，由于所学的专业在当年并不热，所以，我并没有像其他专业的同学那样幸运地把自己签出去。无奈，我为自己制作了一份详细的求职信，复印后，分别寄到二十多家与我专业对口的公司，然后回到家里静候佳音。

两个多月过去了，发出的求职信全部石沉大海，我心乱如麻。

"读了一回大学，却找不到工作……"渐渐地，我没找到工作的事成了我居住的那个小区里一些邻居的饭后谈资。而爸爸和妈妈的压力也很大，整日忙着为我联系工作单位。看着为我操劳奔波的父母，我不由得骂自己没用。

已经快三个月了，我愈加心焦起来，没想到急火攻心，竟生了一场大病，只几天，人便瘦了一圈，打了几天点滴，病情才有好转。可我却不敢走出屋子去见外面的熟人了。

这时候才突然感觉到，曾经的壮志雄心，曾经的美好理想，已在这一天天的等待中消磨殆尽，破碎虚空了，我看不到一点希望。

一天，住在农村的五奶奶来到我家，看到我这样，就提出要带我去乡下住几天，她说农村的空气好，住上几天心情就会好起来的。

我坐上了五奶奶的驴车，离开城市的喧嚣与骚动，来到了那个偏远的山村。

换了个环境，我的情绪好了很多。

五奶奶居住的这个小村子靠山，平日里，村里人用干柴来生火做饭，于是，我常与五奶奶一起到山坡上拾些干柴。

在山坡上，我看到了一种不知名的类似于向日葵的绿色植物，便问老人家这种植物的名字。五奶奶告诉我，这是黎明花。"黎明花？这名字倒很动人，但除了绿叶，我没有看到一朵花呀？"我疑惑地问她。五奶奶说："它之所以叫黎明花，就是因为它只在黎明到来时开放。其他时间里是看不到它的花儿的。"老人家还告诉我：黎明花的花朵娇艳无比，看到它的人都说，它是世界上最动人的花儿，但在我们这儿，并没有多少人看见过黎明花儿开，因为看花开的人要一夜不睡觉，守在花儿旁边，当天光放亮、黎明到来那一刻，花蕾就会慢慢张开，美丽的花朵旋即绽放。当太阳一出来时，花朵便枯萎了。所以，只有那些能挨过漫漫长夜、一直守到黎明的人，才有机会看到花开。

听着五奶奶的话，我对眼前的黎明花有了异样的感觉。感觉自己的信心与理想又回来了，浑身一下子充满了力量。

如今，已参加工作两年了，但我一直不能忘记那山坡上的黎明花。

是的，有些时候，我们太浮躁，太急功近利，因为缺少足够的耐心，所以便会被灰暗的心情和自暴自弃蒙住眼睛，再也看不到世间的美好与希望。生活中，只有那些能耐得漫漫长夜，忍得风吹雨打的人，才能守得黎明到来，看到世间最美的花朵。

从最糟的机遇开始

三十年前，一个叫刘福荣的农家孩子随父亲从大埔山来到了香港打拼生活。为了谋生，父亲开了一片冰点店，他只是偶尔为附近的片场送外卖。此时，电影在他稚嫩的心灵中还是一片空白。

后来，经过考试，他成为香港无线电视台第十届艺员训练班的学员。毕业后，他走进了演艺圈，没有任何演戏经验与资历的他，接到的只是一些跑龙套的角色，但由于他能吃苦，所以给一些人留下了很深的印象。

1982年，香港著名电影监制夏梦突然邀请他主演许鞍华的影片《投奔怒海》。原来，制片方原本中意的男主角是周润发。但由于种种原因，此片拍成后在台湾地区不能公映，当时已经成名的影星周润发怕接拍此片会影响自己的台湾票房市场，所以放弃了，但他推荐这个能吃苦的年轻人。

这样，这个年轻人接下了《投奔怒海》，迈出了星路的第一步。正是这部电影，使许多导演开始注意到这个年轻人，并开始邀请他拍电影。后来，他成为香港乃至全亚洲举足轻重的电影巨星。这个人的名字我们都熟悉，他叫刘德华。

在我们的生活还是一片空白的时候，在我们还在成功的大门外徘徊的时候，我们没有资格与理由去挑剔身边的任何一线机会，即使是最糟糕的。有些时候，别人不愿走的险路我们咬紧牙关走下去，结果就走到了成功的彼岸。

隐形的翅膀

　　她出生时就没有双臂。懂事后，她问父母："为什么别的小朋友都有胳膊和双手，可以拿饼干吃，拿玩具玩，而我却没有呢。"

　　母亲强作笑脸，告诉她说："因为你是上帝派到凡间的天使，但是你来时把翅膀落在天堂了。"听了母亲的话，她很高兴，她天真地告诉母亲说："有一天我要把翅膀拿回来，那样我不但能拿饼干和玩具，还会飞起来了。"从此，她成了母亲的天使。

　　七岁上学前，母亲请医生为她安装了一对精致的假肢。那天，母亲对她说："我的小天使，你的这双翅膀真是太完美了，简直是天衣无缝。"但她却感觉到，这双冷冰冰的东西并不是自己的那双翅膀。在学校里，母亲那个关于天使的童话破灭了，缺少双臂的她，成了同伴们取笑的对象。大家都叫她"维纳斯"。从此，她总是低着头。假肢不但弥补不了自卑，反而让她深切意识到自己的残疾。随着年龄增长，她越来越感觉到残疾的可怕：洗脸、梳头发、吃饭、穿衣服……她觉得自己是一只被牵着线的木偶，做任何一件事情都要依赖于父母。她的郁闷与日俱增，却又逃避不了残缺的现实。

十几岁的年龄，本应是天真烂漫、无忧无虑，她的心却每天都很疼、很苦。她感觉自己像一只翅膀被折断的蝴蝶，失去了天空，更嗅不到花香，只能躲在阴暗的角落里煎熬时光。

课余时间，同学们最大的乐趣是打秋千。其实，她也喜欢秋千，但是，她却只能在梦中才会找到那种如蝴蝶在风中飞舞的感觉，现实中，她只能站在远处痴痴地看着那些与自己同龄的孩子们在空中飞舞着，欢笑着。只有他们走光时，她才偷偷坐到秋千上，忘情地荡起来。这个时候，她会闭上眼睛，听耳边掠过的风声，想象自己找回了失去的双臂，像天使一样在操场上空飞翔。但是，每次她都会被狠狠摔到地上，摔得浑身伤痕累累。

没有双臂让她吃尽了数不清的苦头，这让她自暴自弃。为了打开她的心结，十四岁那年的夏天，父母带她乘船到夏威夷度假。

大海，让她心情舒畅了许多。每天，她都站在甲板上，任两截空飘飘的衣袖随风飞舞。每当看到海鸥在风浪中自由飞翔，她都情不自禁地叹息说："如果我能有一双翅膀该多好，哪怕只飞一秒钟。"

"孩子，其实你也有一双翅膀的！"一个苍老的声音自她耳边响起，她循声看到了一位黑皮肤的老人。她马上吃了一惊，因为这位老人没有双腿，他整个身体就固定在一个带着轮子的木板车上。此刻，老人用双手熟练地驱动着木板车，在甲板上自由来去，这让她看呆了。以后的几天，她和老人渐渐成了朋友。她了解到，老人是在十年前从非洲大陆出发的，如今已经游遍了世界五大洲的七十多个国家，而支撑他"走"遍世界的，就是一双手。老人的故事让她感觉到不可思议。同病相怜的缘故，她双眼含满了泪水，船靠岸那天，他们依依不舍。"记住，孩子，那双翅膀就隐藏在你的心里。"老人的临别赠言让她整颗心一下子飘荡起来。

从夏威夷回来，她开始练习用自己的双脚来做事。最开始，她用脚夹着钢笔练习写字、梳头、剥口香糖，为了让双脚保持柔韧有力，她每天通过走路和游泳的方式来锻炼。过于劳累，使她的脚趾经常会麻木、抽筋。有一次，她在游泳池里过于疲惫，以致两个脚踝竟然同时抽搐。她在水中拼命挣扎，喝了一肚子水，所幸被教练及时发现，将她从死亡的边缘拉了回来。那位教练没有想到，第二天，她又出现在了游泳池里。不懈的努力让她的双脚越来越敏捷，她的脚趾头开始能像手指一样自由弯曲。骨科医生，说她的脚已经比平常人的手指还要灵活。灵巧的双脚让她学会了打电脑、弹钢琴，后来，她还获得跆拳道"黑带二段"的称号。坚强与自信让她渐入佳境，由于成绩出色，她获得了亚利桑那大学心理学士学位。但是，她的努力并没有停止。她开始练习用双脚来开汽车，事实上，她比普通人更快地拿到了驾照。

一路走来，她的成就已经足令自己和父母骄傲了。童年时母亲的那个童话总是出现在梦境里。她要把隐形的翅膀插在臂上，像天使一样自由飞翔：成为一名飞行员。

一次培训残疾飞行员的机会让她欣喜若狂。她知道，这是上帝已经准备把那双翅膀还给自己了。她打电话说明了自己学习飞行的愿望。但是，那位飞行教练听到她没有双手，要靠双脚来学习驾驶飞机时，立刻一口回绝了她的请求，并称那简直是天方夜谭。

但她认定了这是属于自己的机会，所以，开学那天，她依然开着车去了那个训练班的机场。让她没有想到的是，当她从车上走下来的那一瞬间，她听到了一个意外的声音："看来，你学习开飞机是没有问题的。"那个在电话里拒绝她的飞行教练，此时正微笑地看着她。

从此，她开始了长达三年的极限挑战：学习用双脚来开飞机。

听到她的选择，有很多陌生人来信或打电话鼓励她，但也有许多人认为她是在玩冒险游戏。她却铁定了心：一定要飞起来，哪怕一秒钟。

获得轻型飞机的驾照，需要学习六个月。她却用了整整三年时间。她先后求教过三名飞行教练，并挑战各种天气状况，以至飞行时间达到了八十九个小时。通过艰苦训练，她能够熟练地用一只脚管理控制面板，而用另一只脚操纵驾驶杆。这让曾培训出许多飞行员的教练惊叹不已，他的结论是：她已经是一名非常优秀的飞行员，她驾驶飞机时非常冷静和稳定，一些肢体健全的飞行学员的飞行能力也无法和她相比。

这位身残志坚，可以用双脚熟练驾驶轻型运动飞机，并成功通过了私人飞行员驾照考试的女孩叫杰西卡，她今年二十三岁，是美国历史上第一个用双脚驾驶飞机的合法飞行员。

杰西卡的故事给许多美国人都带来了巨大的精神鼓舞。她经常到美国各地进行巡回演讲，讲述自己学会靠双脚生存和奋斗的感人故事。

形体的残缺，环境的艰险，都不是人生成败的决定因素。因为任何有形的力量都囚禁不了心灵，束缚不了梦想。心灵与梦想，是每个人与生俱来的隐形翅膀。勇于展翅者，一定会飞起来，超越一切，抵达幸福的人生彼岸。